新撰組

近藤勇

人物文庫

学陽書房

目次

新撰組　近藤勇

囚人籠《かご》

近藤勇《こんどういさみ》の訊問《じんもん》がはじまったのは、慶応四（一八六八）年四月八日の午前十時からであった。場所は東山道総督府板橋本営に設けられた仮白洲《しらす》（裁判所）である。訊問官は、薩摩・長州・土佐・因州（鳥取）の各藩から代表者が出された。かなり大袈裟《おおげさ》な陣容だった。訊問官は縁の上に並べた椅子《いす》に腰掛け、近藤の席は庭に敷かれた筵《むしろ》の上であった。この光景を見た瞬間、近藤は、

（ばれたか）

と緊張した。今の近藤は、

「徳川家若年寄格大久保大和剛《おおくぼやまとたけし》」

と名乗っている。若年寄格といえば、旧幕府では大名の扱いだ。しかしこれは幕府が正式に辞令を出したわけではない。幕府が潰《つぶ》れた後、勝海舟《かつかいしゅう》が勝手にそんなことをいったまでだ。甲州城乗っ取りに出掛ける前に、勝が、

「甲州城を乗っ取ったら、十万石位取って大名になったらどうだ」

と妙な笑い方をしながらそういった。近藤は、しかし本気にした。本気にしたというのは、自分が十万石の大名になりたいと思ったわけではない。この時にもまだ、

「甲州城を乗っ取って、薩長ともう一戦構えたい」

という意気込みがあったからである。

近藤が政府軍に摑《つか》まったのは、四月三日のことだった。近藤たちは下総《しもうさ》(千葉県)流山《ながれやま》にいた。土地の味噌屋に本陣を置き、急遽《きゅうきょ》集めた百二、三十人の隊士の調練をしていた。調練が済んだら、会津に行くつもりだった。近藤にすれば、

「かりにもおれは新撰組の隊長だ。それが、甲州で敗れた後、散り散りになってしまった。残兵を数人率いて行くのなどみっともない。やはりまとまって会津に行き、最後の抗戦力の一翼を担いたい」

と考えていた。ところが、隊士が調練に出ている留守に、突然、政府軍が乗り込んで来て味噌屋を包囲した。指揮者が玄関にやって来た。

「東山道総督府大軍監香川敬三《かがわけいぞう》指揮下の偵察隊だ。わたしは薩摩藩士で、総督府副参謀を務める有馬藤太《ありまとうた》である。この家は完全に包囲されている。責任者は潔《いさぎよ》く武器を捨て、同行して欲しい」

と告げた。礼儀正しかった。近藤はしまったと思ったが、ほとんどの隊士がいな

い。わずかに土方歳三《ひじかたとしぞう》と、近藤の小姓である野村利三郎《のむらりさぶろう》と村上三郎《むらかみさぶろう》がいたくらいだ。

土方は、

「斬り破ろう」

といった。しかし近藤は首を横に振った。

「いや、駄目だ。完全に包囲されている。無駄死になる。おれが出頭しよう」

そういった。土方は驚いた。

「近藤さん、そんなことをしたら殺されてしまう」

と止めた。が近藤は深い眼差《まなざ》しで土方を見返した。近藤は、

(おれがここで時間稼ぎをしよう。その間に土方たちに逃げてもらう)

と決断していた。一瞬のうちにである。また近藤にも、

(こんなところへやって来た薩摩いもなどが、おれを知っているはずはなかろう)

と高を括《くく》る気持ちもあった。そういう気持ちを持たせたのが、勝海舟がかれに約束をしたいい加減な大名扱いの甘言であった。しかし、近藤は勝に言われた以後、その大久保大和ぶりをずっと演じ抜いていた。だから、江戸から甲府へ向かう途中で、故郷の調布宿や府中宿に寄った時など、

「近藤先生が大名になった、土方さんも旗本になった」

と村人が大騒ぎをし、ドンちゃん騒ぎをして大歓迎会をやってくれた。これが誤算だった。一晩の騒ぎのうちに、風のごとく街道に埃《ほこり》を巻き立ててやって来た東山道軍は、完全に甲府城を占領してしまった。たった一日の差である。

「しまった！」

と、二日酔いの近藤や土方は臍《ほぞ》を噛《か》んだ。が、遅かった。しかも、新撰組は甲陽鎮《こうようちん》撫隊《ぶたい》と名を変えても、所詮《しょせん》は、京都にいた時と同じように、斬り込み専門の突撃隊だ。新政府軍の威力ある砲撃の前にバタバタと粉砕され、隊士は次々と死んでいった。無残な敗走を続け、やっと江戸に潜り込んだが、江戸はすでに三月十三、十四の二日に掛けて到着した夥《おびただ》しい政府軍によって包囲されていた。この時の政府軍は、

「江戸城総攻撃を三月十五日とする」

と定めていた。敗兵は完全に袋の鼠《ねずみ》になった。かろうじて浅草に集合した新撰組残党は、再建のために下総流山に出た。ここで立て直しを行なったあと、関東地方を横切って会津へ進もうと決めたのである。

はじめは、江戸郊外の五兵衛新田に陣を置いたが、宿舎に当てた豪農の家も、近所で次第に疑惑を持ち騒ぎはじめたので居辛《いづら》くなった。流山に移った。そこで改めて隊士を募集した。ところが驚いたことに、たちまち百二、三十人が応募した。近藤と土

方は顔を見合わせて笑った。

「まだ骨のあるやつがいくらかはいるらしい」

と頷《うなず》きあった。そして、

「少しは格好のつくように調練をしてから会津へ行こう」

と相談し、日々訓練に暇《いとま》がなかった。そんな時に、突然、越谷《こしがや》に陣を置いていた香川敬三の斥候隊が流山を襲ったのである。これには情報提供があったようだ。

「流山で怪しい集団が鉄砲の訓練をしている」

という密告があったのだ。そこで、香川敬三は副参謀の有馬藤太と、同じ副参謀の土佐藩の上田楠次《うえだくすじ》に命じて、

「様子を探れ、場合によっては首謀者を捕えろ」

と命じたのである。有馬藤太は後に、『わたしの明治維新』という回顧録を書くが、近藤勇が投降した時のことを思い出深く書いている。その要旨をかいつまんで書けば、
すぐ伺うといいながら、近藤は夜になっても出てこない。そこで、わたしは待機場所からもう一度馬に乗って、味噌屋に行った。そして「大久保さんに会いに来た」と告げると、番兵が、

「ただいま支度《したく》中です。もうしばらくお待ちください」

と告げた。やがて近藤が出て来た。立派な紋付袴《もんつきはかま》姿だった。二人の若い侍を呼び寄せて、

「慶喜公《よしのぶ》はいまご謹慎中で、京都には天子様がおいでになる。おまえたちは今後はもっぱら朝廷のために尽くせ」

そういって、持っていた書類と短刀、もう一人には本とピストルを渡した。わたしは思わず、

(戦争に負けるとこういう惨《みじ》めなことになるのだな)

と思わず胸を湿らせた。しかし、物を与えられた二人の武士は、

「わたくしたちもお供をさせてください」

と懇願した。近藤はわたしの方を向いて、

「いかがでしょう?」

ときいた。わたしは、今感動的な光景を見たばかりだったので、

「二人だけでなく十人でも二十人でもお連れください」

といった。近藤は嬉しそうに微笑み、

「この二人は、わたしの小姓です。ではお言葉に甘えて」

と二人を連れることになった。近藤とわたしは馬に乗った。近藤を前にし、わたしは後ろについた。わたしが連れて来た十五人の部下は二手に分かれ前後を囲んだ。近藤の小姓二人は、馬の手綱を握ってついて来た。夜の十二時ごろである。行先は粕壁《かすかべ》（春日部）だった。

有馬藤太は粕壁と書いているが、この時香川敬三が陣を置いていたのは越谷である。したがって、越谷に連行されたのだと思う。この時近藤と同行した野村利三郎と村上三郎のうち、村上は途中で流山へ戻った。そのまま土方歳三たちと共に会津へ向かう。そして仙台で降伏した。野村利三郎は近藤と共に捕縛されるが、許されて釈放された。しかしかれも仙台に行き、さらに箱館に向かって最後まで戦う。主人が摑まったからといって、すぐ逃げ出すような真似をしなかったことを後で聞いて、近藤は思わず胸を温めた。

有馬藤太には、

「自分は徳川家の若年寄格大久保大和剛である」

と名乗っていた。有馬は半分信じた。したがってその扱いは丁重だった。越谷の本陣へ連行する時も、別に縄はかけない。それどころか馬乗さえ許した。近藤が名乗ったことを信用し、大名扱いをしたのだ。近藤は、町の宿屋を利用した本陣の一室に軟禁された。しかし夜が明けると、本陣の空気は一変していた。

「大久保さん」

朝早くやって来て近藤を起こした有馬藤太は、実に困惑の極にあるような表情をしていた。

「はい」

「弱った事ができました」

「どうしました」

「大久保さんを知っている彦根藩の小隊長がおります」

「どなたでしょう」

「渡辺九郎左衛門《わたなべくろうざえもん》という人です」

「はて?」

近藤は眉《まゆ》を寄せて考えた。しかしその名に記憶はない。

「で、わたしのことを何と?」

「あなたは、新撰組の隊長だった近藤勇だというのです」

「ほう」

近藤は、そうですとも、そうではありませんともいわなかった。曖昧《あいまい》な薄い笑顔を浮かべた。一瞬、有馬は悟った。

(そうだったのか)

しかしどういうわけか有馬は、初対面以来近藤に好感を持っていた。なぜだかわからない。あるいは近藤の発する気(オーラ)がそんな雰囲気を湛《たた》えていたのかもしれない。近藤はそういう特性を持っていた。会っただけで人を引きつける魅力があった。よく土方は、

「近藤さんは得だよ」

といった。

「何が得だ」

ときくと、土方は苦笑いをしながらこういう。

「どんなひどいことをしても、おれだと咎《とが》められるが、近藤さんだとみんな許してくれる。おかしなもんだよ。不公平だ。しかしそんな近藤さんだからこそ、新撰組がまとまっているのかもしれねえな」

本音と思えるような述懐だった。しかし近藤は自分にそんな魅力があると思っていない。もっとも、そういう魅力は本人が意識しないからこそ魅力なのだろう。有馬藤太はその近藤の魅力に引っ掛かったのである。だから後年の回顧録『わたしの明治維

新』の中でも、近藤のことを決して悪し様《あざま》には書いてはいない。つまり、
「大久保大和などといって、わたしを騙《だま》した」
とは書いていないのである。むしろ、苦境にあった近藤を礼儀正しく扱ったこと
に、
「薩摩藩士としての武士道を貫いた」
という誇りを持っていた。この有馬藤太がいたおかげで、その後の近藤の扱いは、
かろうじてぎりぎりの線で守り抜かれる。
翌四月四日、近藤は板橋の総督府本営へ護送されることになった。扱いは昨日とは
違った。網で覆われた籠《かご》に乗せられた。囚人籠だ。そして、護送隊長になったのが彦
根藩の小隊長渡辺九郎左衛門であった。しかし、渡辺は近藤と目を合わせなかった。
近藤が静かに見ても渡辺はすぐ横を向いた。近藤は、
(おそらく、おれのことをばらしたせいだろう)
と思った。そのとおりだった。渡辺九郎左衛門は、越谷の陣に連行されて来た近藤
を見ると、思わず、あ、と声を上げた。すぐ、
(新撰組の近藤勇だ)
と気が付いた。渡辺が属する彦根藩井伊家は、徳川家にとっての親藩中の親藩だ。

先祖以来、何人も大老を出している。特に幕末においては、井伊直弼《いいなおすけ》が安政の大獄を展開したことでも有名だ。だれが見ても、

「佐幕中の佐幕藩」

という伝統的な大名家である。しかしそれが、鳥羽伏見戦争以後は、天皇の号令に服して、

「勤王請書」

を提出し、政府軍に加わっていた。だからはじめから、尊皇倒幕を貫いて来た藩から見れば、井伊家は立派な、

「大転向藩」

だ。井伊家に限らず、そういう大名家は沢山あった。そういう転向藩は、純粋な倒幕藩に対しては何となく居心地が悪い。その居心地の悪さを払拭《ふっしょく》するためには、

「手柄を立てる」

ことが一番早道だ。各転向藩は争ってこの流れに乗った。だから、渡辺九郎左衛門にしても、おそらく、

「ここで、大久保大和などと名乗っている武士が、旧新撰組の隊長だった近藤勇だということが判明すれば、われわれの手柄になるだろう」

と踏んだのに違いない。渡辺の密告によって、本陣はどよめいた。しかし総指揮者の香川敬三は慎重だった。

「そのことはあまり大仰《おおぎょう》に触れるな」

と渡辺に口止めした。

朝早くから網張りの籠を用意している兵士たちを見て、有馬藤太は慌てて飛んで来た。

『わたしの明治維新』によれば、かれはそういう部下たちを叱《しか》り付けた。

「ひとかどの大将を罪人扱いするとは何ごとか。まだ罪状は明らかではない。礼を尽くせ」

といったが、兵士たちは承知しない。香川敬三に命ぜられて、そういう支度をしていたのだ。そこで有馬は近藤に、

「板橋本営に着けば、必らずわたくしの方からよく話をしておきますので失礼なことはないと思います。どうぞご安心ください」

といった。近藤は有馬に礼をいい、

「あなたには大変お世話になりました。何もお礼ができませんので、せめてこれを受け取ってください」

と差していた大小を差し出した。が、有馬は首を横に振った。
「そのままお持ちください。お気持ちだけを有り難くいただいておきます」
とあくまでも士道を貫いた。近藤はしみじみと、
(薩摩にも、こんな礼儀正しい武士がいたのか)
と改めて感じ入った。かれが京都にいた時には、薩摩藩士を信用したことはない。
(常に、揺れ動く信念のない藩だ)
と思っていたからだ。

幕末の三怪物

越谷宿の総指揮を執っていた香川敬三はしたたか者だ。かれは水戸出身で諸国を放浪した藤田東湖《ふじたとうこ》の門人である。学問も深い。京都に行き、尊攘運動で活躍した。やがて洛北《らくほく》岩倉村に謹慎していた岩倉具視《いわくらともみ》を知った。その腹心になった。当時岩倉具視宅には玉松操《たままつみさお》という得体の知れない怪物も居候をしていた。玉松操は下級公家の出身だ。香川敬三はこの玉松とも仲良くなった。玉松操はやがて、

「王政復古の大号令」

の草案を書く。この時に、香川も藤田東湖の門人として学んだエキスを意見として注入している。香川には、そういう、

「得体の知れない怪物好み」

的なところがあった。どうもかれは、

「組織には馴染《なじ》まない存在」

だったようだ。

「組織内に身を置いていると、いろいろな規制で能力を削《そ》がれる」

という考えを持っていた。だから、

「自由人として、思う存分能力を発揮し、同じような立場にある人間と能力の相乗効果を起こして、この世を変えていきたい」

と考えていた。能力ある個人と個人の掛け算による「歴史の変革」を志していたのである。その代わり、権謀術策を縦横無尽に使った。これは、転がり込んだ家の主人岩倉具視も同じである。岩倉・玉松・香川のトリオは、

「幕末の三怪物」

として、洛北岩倉村で驚天動地の奇策を次々と考え出していた。

慶応三年頃になると、すでに岩倉邸には長州藩の桂小五郎（木戸《きど》孝允《たかよし》）や品川弥二郎《しながわやじろう》、薩摩藩の西郷吉之助《さいごうきちのすけ》（隆盛《たかもり》）・大久保一蔵《おおくぼいちぞう》（利通《としみち》）などがつぎつぎと訪れた。坂本龍馬もやって来た。

討幕色が濃くなった頃には、品川弥二郎は京都の花街から芸者を呼んで、自ら作詞した歌に曲をつけさせた。かれは自分の作った歌を「都風流トンヤレ節」と名づけた。

宮さん宮さん　お馬の前に　ヒラヒラするのはなんじゃいな　トコトンヤレトン

　ヤレナ
　あれは朝敵征伐せよとの錦《にしき》の御旗《みはた》じゃ知らないか　トコトンヤレトンヤレナ
というものだ。

「日本の軍歌第一号」

だといわれる。軍の士気を鼓舞するための歌はその前にもあった。しかしこの時東に向かう政府軍の進発目的は、

「積年に亘《わた》る徳川の暴政によって、塗炭の苦しみを味わう万民救済のため」

という大義名分を掲げている。

「万民救済のため」

という軍事行動は、日本でははじめてである。その前の戦争はすべて、

「いざ鎌倉」

とか、

「いざ徳川」

というように、特定の政権や権力者への奉仕を目的にしていた。民のために戦う軍隊の発進は、この時がはじめてだ。品川弥二郎が作詞作曲した「都風流トンヤレ節」は、その行進曲になった。

この密謀には、玉松操や香川敬三も大いに参画していた。玉松はさらに西陣から織物商を呼んだ。そして、

「錦の旗を作れ」

と命じ、金襴《きんらん》で豪華な日の丸の旗を作らせた。これが鳥羽伏見戦争の時から政府軍が掲げた、

「錦の御旗」

である。岩倉具視は下級公家で、朝廷に属してはいたが、半分は、

「はみだし公家」

だったといっていい。しかしかれの天皇への忠誠心は本物で、岩倉村に謹慎を命ぜられた後も、通行人を捕らえてはその持ち物を調べ、それが北国からのめずらしい魚や野菜であると一部を取り上げた。しかしかれは自分が食したわけではない。必らず使いを出して、御所の孝明《こうめい》天皇に届けさせた。また、京都の自分の邸を博打場《ばくち》にして使用料を取った。取った金は、そのまま天皇の酒代として届けた。不思議な公家だった。

やがて、王政復古の大号令が出、さらに鳥羽伏見の戦争に発展し、東征軍はピーヒャラドンドンと笛と太鼓を鳴らしながら、トコトンヤレトンヤレナと歌をうたって

江戸に向かって行く。これらの仕掛けのほとんどは、岩倉の別邸で行なわれていたといっていい。香川敬三もその一人であった。したがって、かれは謀略が大好きだ。

鳥羽伏見戦争後に東征軍が組織され、東海道・東山道・北陸道の三道を通って、江戸へ江戸へと軍が進発して行った。東山道軍総督は岩倉具定《ともさだ》である。具視の長男だ。副総督はその弟の具経《ともつね》だ。参謀は乾《いぬい》（板垣《いたがき》）退助《たいすけ》（土佐藩）・伊地知正治《いじちまさはる》（薩摩藩）である。そして大軍監には香川敬三が命ぜられた。軍監・大監察に谷守部《たにもりべ》（干城《かんじょう》）が任命された。谷は土佐藩士で、乾退助と同じように土佐藩内では、

「急進的武力討幕派」

といわれ、その面におけるエースだった。しかし土佐藩は、前藩主山内容堂《やまのうちようどう》（豊《とよ》信《しげ》）と後藤象二郎《ごとうしょうじろう》たちの、

「公武合体論」

が幅を利かせていた。そのために、乾や谷は一時期、脱藩を思い立ったほどである。谷は、早くから京都に出て中岡慎太郎《なかおかしんたろう》の土佐陸援隊の幹部になっていた。

こういう構成を見ると、東山道総督軍にはいくつかの特性がある。それは、

・最高幹部が岩倉一家で固められていること

・準最高幹部の中にも、岩倉具視の息の掛かった人物が多くいること。その代表が

香川敬三だ

・もう一つの特性は、土佐急進派が軍の指導層にいること。特に乾・谷コンビは、

「この際、武力面においても功績を上げて、土佐藩を一挙に薩摩藩や長州藩と肩を並べさせたい」という焦りが露骨に出ていること

である。

前者はおそらく、長年下級公家の立場に苦しんで来た岩倉具視が、

「王政復古の大号令を出した勢いに乗って、一挙に岩倉一族の新政権における地歩を固めたい」

という野望があっただろう。後者は、

「薩長二藩に対して遅れを取っている土佐藩が、新政権において有力なポストを得るためにも、武功面において大いに功績を上げなければならない」

と藩意識に逸《はや》る乾・谷のコンビが、猛犬のように敵を急追していることだ。そのために、この東山道軍が江戸に着くまでには、いくつかの処刑行為が行なわれている。

ひとつは、信州（長野県）諏訪における、

「赤報隊《せきほうたい》抹殺事件」

だ。赤報隊長は相楽総三《さがらそうぞう》といった。早くから尊攘倒幕の志に燃え、一介の浪士とし

てその運動に邁進《まいしん》していた。西郷隆盛に愛され、江戸御用党事件にも参画していた。鳥羽伏見戦争のきっかけを作るために、西郷は謀略で御用党を煽動《せんどう》し、江戸市中を攪《かく》乱《らん》させた。江戸市中を荒らし回った御用党は、堂々と三田（東京都港区）にあった薩摩藩邸に戻って行った。

「御用党の本拠は三田の薩摩藩邸だ」

ということを知った幕府側は激怒し、江戸の市中取締まりの任にあった庄内（山形県）藩酒井家を主に、当時日本の軍事指導に来ていたフランスのブリューネなどの士官たちを動員して、三田藩邸の門前に砲を構えぶっ放した。薩摩藩は抵抗せず、裏の海から静かに脱出して行った。この中に相楽総三もいた。京都に行った相楽は、やがて西郷の秘命を受け、

「赤報隊」

を組織し、東山道軍が進発する前に嚮導《きょうどう》隊として行動を開始した。目的は、

・沿道諸地域に対して年貢半減を触れる

・その代わり、その地域の若者は新政府軍に兵として参加し、同時に地域は新政府軍の軍事費や、必要な食料などを拠出する

ということであった。これが結構うまくいって、とんとん拍子に赤報隊は信州諏訪

まで達した。ところがこのことが東山道軍に報告されると、香川敬三は激怒した。

「嚮導隊には年貢半減を布告する権限などない」

しかし、報告者は、

「どうも、東海道総督府総参謀の西郷吉之助先生のご内命だということですが」

という。これを聞くと香川は目をほそめた。嬉しかった。

「格好の材料が手に入った」

と喜んだ。香川はかねてから薩摩藩を憎んでいる。かれは水戸出身だから、純粋な尊皇精神が漲《みなぎ》っていた。今までの薩摩藩を見ていると、どうも動向が灰色だ。だから岩倉邸にいたときも、香川は極力岩倉具視に対して、

「薩摩藩士をあまり信用なさらぬように」

と助言していた。しかし、岩倉具視も相当な古狸《ふるだぬき》だから、ムジナの集まりである薩摩藩士たちとも結構仲良く付き合った。岩倉にすれば、

「香川のような純粋性を貫いていたのでは、回天の大業は成功しない」

と大乗的な考えを持っていたからである。それが香川には不満だった。したがって、

「現場に出た以上は、おれの思い通りに事を行なう」

と考えていた。香川敬三は、至急西郷隆盛のところに使いを出した。

「東山道軍の嚮導を務める赤報隊が、あなたのご内命によって年貢半減を触れている
と申しておりますが、これは事実ですか」

という確かめである。これに対し西郷は、

「知らぬ」

と答えて来た。香川はニヤリと笑った。しめたと思ったのである。そこで、すぐ兵
を遣わして赤報隊長相楽総三以下を逮捕した。相楽たちは、

「これは西郷先生のご内命だ」

と主張したが、香川は聞かなかった。

「偽《いつわ》りをいうな」

といって、近くの刑場で相楽たちの首を斬った。現在、諏訪市内に、

「魁《さきがけ》塚」

として、悲運に倒れた相楽総三以下の墓が建てられている。この処刑に痛憤した子
孫が、

「先祖の処刑は冤罪《えんざい》だ」

と、関係者を説き回り、やがてそれが実った事実は、長谷川伸氏の著書によってす

でに世によく知られている。

もうひとつは、上野国《こうずけ》（群馬県）権田村で、旧幕府の勘定奉行や陸軍奉行を務めた小栗上野介《おぐりこうずけのすけ》を斬首《ざんしゅ》したことである。小栗上野介は開明的な幕府官僚で、幕府の経済改革や軍事改革に奔走していた。横須賀に造船所を造り、

「日本国自前の軍艦の製造」

のきっかけを造ったのもかれだ。さらに、

「廃藩を行ない、郡県を置く」

という、明治維新政府の「廃藩置県」の構想も持っていた。しかしその発想はすべて、

「徳川幕府の構造改革と、その権限強化のため」

であったために実らなかった。特に、かれの主人である最後の将軍徳川慶喜が、常に腰が定まらなかった。そのために最後まで新政府軍との対決を主張した小栗は罷免され、領地の権田村に戻った。しかしこの方面に殺到した東山道軍は、

「小栗上野介は、江戸城に残っていた幕府の公金を持ち運んで、赤城山に埋めた」

という噂《うわさ》を聞いた。そのことを理由にしたわけではないが、小栗上野介がその頃近くの山に学校を造っていたのを、

「新政府に対する叛心《はんしん》あり」

といって降伏を求めた。小栗は潔く降伏し出頭した。ところが政府軍は有無を言わさず、小栗を、

「新政府軍に叛心を持つ不届き者」

といって烏川畔《からすがわほとり》で処刑してしまった。現在烏川の岸辺には、

「偉人小栗上野介　罪無くてここに斬らる」

という大きな碑が建っている。書いたのは京都大学の名誉教授蜷川新《にながわあらた》博士だ。蜷川博士は、先祖を辿《たど》って行くと小栗上野介の家と縁戚《えんせき》に当たるという。しかし、ここに書かれた、

「罪無くて」

という一文は、小栗側からいわせればそうかもしれないが、新政府側からいわせれば必ずしもそうとは言えない。つまり、明治新政府が展開した新日本国の経営構想のほとんどが、すでに小栗が考えていたことだ。もし小栗の構想が実現して、徳川慶喜が新政権のトップに座るようなことがあれば、明治維新は実現できない。薩長を主体とする尊皇倒幕派の政府も実現しない。この頃も、今と同じ、

「情報社会」

だ。

「どんな情報を先に手に入れ、的確に対応するか」

が勝敗の分かれ目だった。その意味で、大いに金が使われ、また宴席も賑《にぎ》やかだった。京都の花街はすべて、

「情報収集の場」

だった。だから、かつて大宅壮一氏は、

「京都に集まった各藩の武士は、すべて藩用族だ」

と表現した。社用族をもじったのである。藩用族だから当然交際費を使う。この交際費を沢山京都に落とす藩が最も喜ばれた。特に長州藩はこの傾向が強い。したがって京都の花街では、

「長州はん、長州はん」

といってもてはやされた。桂小五郎や高杉晋作や久坂玄端《くさかげんずい》たちが、いくらいい男でも、金が一文もなかったらあんなにもてはしない。後ろに、

「情報収集のための交際費なら、思い切って使ってよい」

とドンと胸を叩《たた》く藩の存在があったからこそ豪遊ができ、同時に貴重な情報を手に入れることができたのである。これは幕府側も同じだった。幕府も京都では相当に金

を使った。となると、両者の間をうまく渡り歩く連中が出現する。ということは、

「情報の漏洩《ろうえい》」

も行なわれたといっていい。つまり、

「相手側のやっていること」

は、すぐ敵方に知られてしまうということだ。こういう情報社会においては、

「今、江戸城で小栗上野介がどんな計画を立てているか」

などということもすぐ知れる。したがって、相当前から小栗上野介の名は倒幕側で有名だった。一時期桂小五郎が、巻き返しにかかった将軍徳川慶喜の存在を、

「家康以来の恐ろしい人物だ」

と評したことがある。それほど当時の徳川幕府側の巻き返しは凄《すさ》まじかった。しかし探って行けば、

「そうさせているのは、すべて小栗上野介である」

という結論に達する。したがって、倒幕側では征東軍を起こす前から、

「小栗上野介という油断のならない人物」

の存在は首脳部のほとんどが知っていた。だから、いくら小栗側で、

「罪無くて」

と主張しても、倒幕側から見れば、

「小栗ほどの大罪人はいない」

ということになる。

「どの角度からその人物を見るか」

によって、罪の有無など決まってしまう。

東山道軍は、乾・谷の活躍によっていち早く甲府城を占領した。近藤勇たちが、生まれ故郷の多摩でドンちゃん騒ぎをして騒いでいたためだ。

乾退助はこの時城の一角に立って地域代表に大声で告げた。

「おれの先祖は武田家の家臣だった。そのころは板垣と名乗っていた。そこで勝利を記念して、おれは今日から乾という姓を板垣に改める」

後に板垣退助は自由民権運動のチャンピオンになり、刺客に襲われた時にも、

「板垣死すとも自由は死せず」

という名文句を吐く。パフォーマンスとPRの名人だった。この時の板垣への改姓は、その前兆だといっていいだろう。もともと芝居っ気の多い人物のようだ。

江戸開城劇の舞台裏

有栖川熾仁《ありすがわたるひと》親王を東征大総督とする征東軍は、三月十三日に品川に到達した。大総督有栖川宮は、二月十五日に京都を出発し、三月五日には駿府《すんぷ》城（静岡市）に到着した。先遣隊はすでに箱根の関所を越え、小田原を占領した。三月六日に駿府城で総督府の軍議が行なわれた。この時、

「三月十五日を江戸城総攻撃の日とする」

と定められた。総参謀の西郷隆盛は、

「江戸を焦土と化し、朝敵徳川慶喜は、天と地の外にはね飛ばしてやる」

と豪語した。江戸城攻撃は、完全に江戸の町を焼き払うということを前提としており、同時に謹慎中の徳川慶喜は死を免《まぬか》れないという想定であった。

ところが、この三月十五日の江戸城総攻撃が突然中止になる。そうさせたのは、一つは西郷隆盛と旧幕臣勝海舟との会見の結果であり、もうひとつは、イギリス公使パークスの干渉だ。西郷の命令によって、木梨精一郎《きなしせいいちろう》がイギリス公使パークスに会い

に行った。木梨は、

「戦争になった時に生ずる負傷者の収容を、外国の病院にもお願いしたい」

と頼んだ。これを聞いたパークスは怒った。そして
「君達はまだそんなことを言っているのか。すでに大君《たいくん》慶喜は謹慎している。天皇に対し何ら反意を示していない。それを攻撃するというのは、君達の武士道にも反するのではないか」

と猛烈な勢いで怒鳴りつけた。大体パークスは、日本人をいつも怒鳴り散らすような外交戦術をとっていたから、この時もどこまで本気で怒っていたのかはわからない。しかし変わり身の早い外交官だから、すでに、

「いつまでも強硬論を吐いているわけにはいかない。それでは、日本の国力を減殺させてしまう」

と考えていたのだろう。だれもが知るように、幕末維新の倒幕側と幕府側の争いの背景には、イギリスとフランスがいる。イギリスは随分前に、

「この国の主権は、果たして幕府にあるのか、それとも天皇にあるのか」

と疑問を持ちはじめていた。というのは、諸外国と条約を結んだ時に、幕府は必らず、

「勅許《ちょっきょ》」

という手続きを踏んでいたからである。幕府の言い分によれば、

「天皇はすでに、源頼朝が鎌倉幕府を創立した時から政治の大権を武士に委任している。徳川幕府もそれを引き継ぐものだ。したがって、内政権はもちろんのこと、外交権も幕府にある」

と告げた。だからこそ、幕府の名において条約を結ぶのだという。イギリスもそれを信じていた。ところが様子を見ていると、条約を結ぶたびに朝廷に催促され、幕府は慌てて京都に駆け付ける。そして、天皇の許可である勅許を得る。そうなると疑問が湧《わ》かざるを得ない。

「幕府は外交権も自分たちに委任されているというが、いちいち勅許を求めるというのは、天皇にもまだ潜在的な主権があるのではないか。特に外交権については、幕府は完全に委任されていない」

と見るようになった。ここで、諸外国間においても、
・天皇の主宰する朝廷に外交権があると思う国
・いや、依然として徳川幕府に外交権があると思う国
の二つに分かれた。前者の代表がイギリスであり、後者の代表がフランスだった。

イギリスは、幕府に盾を突き、天皇の主権を改めて再生確立しようとする、西南雄藩の薩摩藩や長州藩に接近した。かれらが求める新式の武器もどんどん輸入させた。フランスは、国内需要の高い生糸を独占するために、徳川幕府に接近した。したがって、日本国内の抗争の背後には、

「イギリスとフランスの抗争」

が存在した。しかし、イギリスもこの先の見通しが大体ついた暁《あかつき》なので、もはや自説を捨てる段階に来たと判断した。勢いに乗って、薩長をけしかけてばかりいたのでは、結局は日本国は混乱してしまう。そこで、

「そろそろ退き時だ」

と考えた。だからパークスは政府軍の江戸城攻撃に反対したのである。

「そんな筋の通らない戦争の負傷者などに病院は貸せない」

と突《つ》っ撥《ぱ》ねた。木梨の報告を聞いた西郷は顔色を変えた。考え込んだ。しかし西郷は馬鹿ではない。

（さすがにパークスだ）

と思った。そんな時に、勝海舟からの手紙が来た。

「会って話をしたい」

という。

実をいえば、西郷隆盛は勝海舟に恩がある。それは、元治元（一八六四）年九月十一日に、当時幕府の軍艦奉行と兵庫の海軍操練所長を罷免されることが必至の勝が、西郷に会って、幕府の重大秘密を全部漏らしたからである。

元治元年の七月に禁門の変があった。これは、文久二（一八六二）年八月十八日の政変で、京都から叩き出された長州藩が汚名挽回《ばんかい》のために、大軍を率いて京都に突入した事件だ。禁門に対して発砲したので、長州藩は朝敵とされ、その後長州征伐が起こされた。

この長州藩側に、勝が主宰していた神戸の海軍操練所（今でいえば、国立海軍大学）の学生が参加した。これを知った幕府首脳部は怒った。

「国立の海軍大学で、国家に背《そむ》くような不届き者を養うとは何ごとか」

と、かねてから勝にはあまりいい印象を持っていなかったので、噂では、

「江戸に呼び戻されて、腹を切らされるに違いない」

といわれた。勝は絶望した。そして、

「幕府はもうだめだ」

と見限った。そこで弟子の坂本龍馬を使いにやり、西郷に会見を申し込んだ。西郷

は快諾した。九月十一日の夜、大坂で勝は西郷に会った。そしてこの時幕府の腐敗ぶりを全部告発し、

「あなた方の力で、新しい共和政府をお作りになるべきだ」

と勧めた。共和政府というのは、勝が咸臨丸《かんりんまる》でアメリカに行った時に見聞した民主的な政府制度である。つまり、

・入れ札（投票）によって、政府や各地方自治体の幹部を選出する

・その任期は四年である

・立候補者や選挙人に別に資格はない。だれでも立候補できるし、投票できる

・しかも、選ばれた政治家たちが辞任した後に、どんな生活をしているか市民は一切関心を持たない

という、人間平等主義に基づく民主的な運営が、勝はいたく気に入った。だから日本に戻って来た時に、江戸城へ挨拶《あいさつ》に行くと老中から、

「何か、よい見聞があったか」

ときかれるとこう答えた。

「アメリカは能力主義でございます。日本のように身分制がやかましく、身分の高い家に生まれれば、どんなぼんくらでも、高い位置に就いているなどということは絶対

にありません」

と捲《まく》し立てた。老中たちは怒った。

「この無礼者」

といったが、しかし言われてみればその通りなので、勝は罰されなかった。そういう経緯があったので、勝の頭の中には常に、

「日本も、アメリカのような政治体制にしたい」

と願っていた。しかし勝の見たところ、いくら待っても、

「幕府自身の力では、おれの望むような構造改革はできない」

と見た。かれにはもともと、徳川幕府や将軍家に対する忠誠心などない。かれの先祖は、越後から出て来た盲目の今でいえば理学療法士である。やがて金を貯め、幕府の旗本や御家人の株を買った。勝家もその一つだ。勝にすれば、

「どうせ金で買った侍の家だ」

と思っているから、未練も何もない。はっきりいえば、

「失うべき三バン（地盤・看板・カバン）はない」

ということだ。自分の身一つ始末すればそれでよい。したがって、この時の勝は捨て身だった。捨て身で幕府の最高機密を漏らした。今でいえば完全に高級国家公務員

というのは、勝はあえてそれを行なった。が、機密漏洩《ろうえい》だ。

「今後の日本の政体を背負うのは、西南の雄藩だ」

と思っていたからだ。それは単に、政治能力だけではない。規模の大きさや財力も物を言う。薩摩藩も長州藩も血の滲《にじ》み出るような藩政改革によって、財政的に多分の黒字を出していた。だからこそ、イギリスから次々と新式な軍艦や武器を買い込むことができたのである。

この間にあって奔走したのが坂本龍馬だった。坂本龍馬は死の商人の一面も持っていた。これに結託したイギリスの商人がグラバーである。長州藩は朝敵だったので、自藩の名では貿易ができない。そこで薩摩藩の名においてイギリスからどんどん新式の武器を買い込んだ。仲介を行なったのが坂本龍馬の海援隊だ。そしてこれに荷担したのがグラバーだ。だからグラバーは後に、

「徳川幕府をひっくり返した一番罪の重い外国人はわたしだろう」

と苦笑混じりに告白している。

元治元年九月十一日の勝海舟との会見は、西郷隆盛に決定的な政治路線の転換をもたらした。西郷はすぐ大久保利通に手紙を送った。その中に、

「この上は、一日も早く共和政治を行なわなくてはならない」

と告げている。西郷の口から、

「共和政治」

などという言葉が飛び出すのは、何ともおかしいが、西郷は本気でそう考えていた。だから西郷にすれば、

「明治維新のきっかけは、あの夜にその端緒がある」

と思っている。律義な西郷のことだから、そうしてくれた勝海舟にはかなりの恩義を感じていた。その勝から手紙が来て、

「どうか穏便に事を収めて貰《もら》えまいか」

という。そして、

「一次交渉をまとめるために、アヒルの水搔《みずか》きとして幕臣の山岡鉄太郎《やまおかてつたろう》君をそちらへ赴《おもむ》かせる」

と告げて来た。西郷は承知した。西郷の意識の底にはやはり、

「元治元年九月十一日の会見の恩は忘れられない」

という考えがあったからだ。

慶喜は、鳥羽伏見の敗戦から、部下全軍を見捨てるようにして敵前逃亡した最後の将軍徳川慶喜は、江戸城に戻ると、

「朝廷への完全な恭順」を表明した。文句をいう主戦派は片っ端から罷免した。新政府は徳川慶喜以下に、「朝敵」の名を被《かぶ》せ、その罪状を公表していた。慶応四年一月十日の発表によると、次の通りだ。

罪状第一等　徳川慶喜
第二等　会津松平容保《まつだいらかたもり》・桑名松平定敬《さだあき》
第三等　伊予松山松平定昭《さだあき》・姫路酒井忠惇《さかいただとし》・備中松山板倉勝静《いたくらかつきよ》
第四等　宮津本荘宗武《ほんじょうむねたけ》
第五等　大垣戸田氏共《とだうじたか》・高松松平頼聰《よりとし》

罪状の認定は、
「その犯した罪の内容」
ということで、
第一等並に第二等　鳥羽伏見において、官軍に抗戦した主力の責任者
第三等　藩主が上方《かみがた》に滞在して、幕府軍に人数を差し出し、政府軍に発砲しさらに徳川慶喜が江戸に帰る時に供をしたもの。あるいは、出兵発砲はしなかったが、

藩主が上方にいて徳川慶喜と共に江戸に同行したもの。あるいは、近年幕府の閣老や要職を務め、慶喜の逆意を止めることなく、逆に補佐したもの

第四等　藩主が上方に滞在中に、出先の家来が不心得から発砲したが、慶喜追討の大号令が出ると、すぐ帰国して不心得の家来を謹慎させた上、自身も上京して謝罪したもの

第五等　藩主は領国にいたが、上方にいた家来が不心得で政府軍に発砲したので、すぐその家来を謹慎させ、藩主自身が上京して政府軍の先鋒を願い出謝罪したもの

などということになっている。これを、政府側が等別に分類した人物の行動と照し合わせてみると面白い。よくもまあ、こんな細かいことまで情報をつかんでいたと思うほどだ。おそらく、この等別の宣言をされた人物にしても、

「参った、そのとおりだ」

と恐れ入ったに違いない。

江戸城に戻った慶喜は、しかしこの罪状指定を受けた大名たちを全部罷免した。そして、

「朝廷に恐れ多いから、それぞれ国に戻って謹慎せよ」

と命じた。また、小栗上野介や榎本武揚《えのもとたけあき》・大鳥圭介《おおとりけいすけ》などのように、

「まだ、幕府軍は健在です。あくまでも戦いましょう」

と主張する主戦派は全部罷免し、これも領地へ追い払ってしまった。こういう慶喜のやり方を見ていると、

「わたくしだけは、完全に恭順しております」

という印象を、なりふり構わずに、いやがうえにも新政府軍に植え付けようとする意図がありありと見える。どうもいただけない。

慶応四年一月二十日くらいまでに、主戦派を江戸城から一掃した慶喜は、新しい体制を作った。組織としては、従来の老中や若年寄を廃止し、これを「御国内御用取扱」としてまとめた。しかし、これは完全な閑職であって、いわば、

「敬遠人事」

である。命ぜられた連中には一切実権を持たせなかった。代わりに置いたのが、会計総裁・海軍総裁・陸軍総裁・外国事務総裁・公議所である。会計総裁は、実質的な総理大臣の役割を果す。海軍総裁は、まだ徳川幕府が保有している海軍の統括を任す。陸軍総裁は、実質的には目前の終戦処理を扱う。外国事務総裁は、まだ慶喜が多分に外国の支援を期待しているので、その面の交渉を任せる。公議所というのは、い

わば閣僚会議のようなものだ。新しい幹部が集まっていろいろ意見を戦わす場として設けた。それぞれの部門に副総裁を置いた。任命したのは次のとおりだ。

会計総裁　大久保《おおくぼ》忠寛《ただひろ》
会計副総裁　成島《なるしま》柳北《りゅうほく》
海軍総裁　矢田堀《やたほり》鴻《こう》
海軍副総裁　榎本武揚
陸軍総裁　勝義邦《よしくに》（海舟）
陸軍副総裁　藤沢次謙《ふじさわつぐよし》
外国事務総裁　山口直毅《やまぐちなおき》
外国事務副総裁　河津祐邦《かわずすけくに》

慶応三年十月十四日に徳川慶喜が大政を朝廷に奉還し、さらに十二月九日に王政復古の大号令が出た。大政奉還で徳川慶喜は実質的に、

「徳川幕府はもはや日本の主権政府ではありません」

という表明をし、王政復古の大号令によって、

「日本の国家運営は天皇親政のもとに行なう」

と宣言された。この段階において、徳川幕府は完全に消滅した。したがって、従来

あった徳川幕府の役職もこの時にすべて消えたことになる。だから慶応四年一月二十三日に任命された人々は、すべて、

「徳川家という一大名家の家臣」

であって、そのポストは「家職」である。

幕府の役人は今でいえば国家公務員だが、徳川家の役人は地方公務員にすぎない。しかしこの質差はなかなか理解されなかった。それは本人たちはもちろんのこと、日本人全体がやはりこの実態を認識するのには相当な時間がかかったはずだ。だれもがまだ幕府が存在し、こういう役職に就いている連中を相変わらず、徳川幕府の幹部と見ていたのである。そして、この誤解と錯覚を両側とも悪用した節がある。特に徳川方では依然として、

「徳川幕府」

という名を使っている。

しかも、旧将軍であった徳川家の名もこれに加えた。東北地方の大名家が、

「奥羽越列藩同盟」

を結成し、結束したのも、やはり、

「滅びた徳川幕府や、消滅した徳川将軍家」

という正しい認識はなかっただろう。いまだにどこかに徳川将軍家や幕府が存在し、自分たちもその系列に属しているのだという意識を捨て切れなかった。このもやもやした、ある意味での錯覚と、

「過去への懐旧の情」

が、反政府活動を支えていたことは確かだ。

だから奥羽越列藩同盟の主張点が二つあって、

一、朝敵と目され、厳しい処分の対象になっている会津藩の救済

二、君側《くんそく》（この場合は天皇の側という意味）の奸《かん》としての薩摩藩の排除

が叫ばれたのもその意識が基になっている。すでに徳川家やその頂点に立っていた征夷大将軍《せいいたいしようぐん》の存在がなく、徳川家が一大名に成下がっていたという認識を持ったら、こんな真似はしなかったにちがいない。いわば、

「亡くなってしまった旧幕府と将軍家」

を、

「まだあるかのごとき認識」

によって、反政府活動を続けたのである。これは、奥羽越列藩同盟側の大きな虚点であって、そこを突かれればたちどころに揺るがざるを得ない。

駿府に向かった山岡鉄太郎（鉄舟《てっしゅう》）は、薩摩藩士の益満休之助《ますみつきゅうのすけ》を同伴していた。益満休之助は西郷の腹心で、御用党事件ではその指揮を執った。幕府勢が攻め込んで来た時、益満休之助は潔く縛に付いた。

「自分が責任者である」

といって率先して囚《とら》われの身となった。これだけの騒ぎを起こしたのだから、当然死罪のはずである。ところが割って入ったのが勝海舟だった。

「この男は、また利用する機会がある」

といって自分が預かった。益満休之助は、かつて『南国太平記』という小説の主人公になった。なかなかの好漢だったようだ。別に犯罪者の肩を持つわけではないが、御用党事件の始末を見ていると、西郷側でも、

「責任は回避しない」

という姿勢があったようだ。つまり、犯罪を犯した後に堂々と三田の薩摩藩邸に引き上げて行くこともそうだし、また、怒った幕府軍が砲撃を加えた時も抵抗はしていない。静かに御用党の構成員であった諸国の浪士をまず脱出させている。そして、益満休之助ほか正規の薩摩藩士が、

「自分たちが責任者だ」

と名乗り出たのである。これは死を覚悟した行為だ。だから御用党事件も、見方によっては、

「薩摩藩の一部が決死の覚悟で起こしたゲリラ事件」

だったといえる。勝は悪びれない益満を大事に扱った。益満も勝の厚遇には感謝した。かねがね、

「勝先生は、立場は違うがおれが心から尊敬する人物だ」

という先輩西郷隆盛の言葉の意味がよく分かった。

山岡鉄太郎は幕臣だ。したがって一人で行ったのでは、途中で殺されるかもしれない。が、薩摩藩士である益満休之助が同行していれば、政府軍も手は出すまい。それが勝の立てた筋書きであった。成功した。山岡鉄太郎は幕末の剣客で、講武所の剣術指南役でもあった。かれは、

「剣禅一致」

を標榜《ひょうぼう》していた。江戸時代初期に柳生宗矩《やぎゅうむねのり》が唱えた兵法と同じである。事実、山岡鉄太郎はすぐれた禅者でもあった。鉄舟はその号である。柳生宗矩の父は「石舟斎《せきしゅうさい》」と号していたが、その辺を意識していたかどうかはよく分からない。しかし筆者の頭の中には、

「山岡鉄舟は、柳生石舟斎を敬愛していたのではないか」

という気持ちがある。柳生石舟斎は政略家である。息子の宗矩とは違って、

「おれはどうも世渡りが下手なので、浮き世の波の中では石の舟のように沈んでしまう」

と自分を笑っていたが、鉄舟にもそんな面がなかったとはいえない。

「無骨なおれは、どうも江戸城で出世するのが苦手だ」

くらいの気持ちはあっただろう。山岡が勝海舟とどれ程の親交があったかは疑問だ。むしろ無かったといっていいだろう。というのは性格が合わない。山岡鉄太郎は根っからの、

「筋を通す幕臣」

だ。海舟の方は、元々将軍にも幕府にも忠誠心など持っていない。武士道とも無縁だ。

「自分の欲するよりよき政体」

を望み続けた。かれは金で買った微禄《びろく》な旗本の出身だったから、

「能力本位の人材登用を行なう政府になって欲しい」

という念願があった。これは一貫している。山岡と共通するのは「禅」だ。勝も禅

の修行者ではあった。

山岡鉄太郎は東海道をびっしりと固めた政府軍の陣中を通り抜ける時、バラバラと兵が前に出て来て誰何《すいか》すると、その度に、

「朝敵徳川慶喜の家臣山岡鉄太郎である！」

と怒鳴りまくってその場を走り抜けたといわれる。本当かどうかは分からないが、山岡ならやりかねない。その後から益満休之助も必死になって馬を走らせて行った。

二人が江戸を出発したのは三月六日のことだった。

甲陽鎮撫隊《こうようちんぶたい》

すでに、大総督府では、

「江戸城の総攻撃を三月十五日に行なう」

と決定していた。にもかかわらず、この時期に、近藤勇たち旧新撰組の生き残りは、勝海舟の甘言によって、

「甲陽鎮撫隊」

を編成し、急遽甲州城乗っ取りのために出発していたのである。敗れて江戸に戻った後に、一連の経緯を知った近藤と土方は、

「勝の野郎に騙された」

と苦笑した。勝にすれば、

「あくまでも薩長と戦う」

と息巻く新撰組などは、会津藩主松平容保や旧勘定奉行小栗上野介、海軍の榎本武揚たち主戦派と同じように、邪魔で仕方がなかった。勝の胸の中には、アメリカで見

て来た共和的な新政体構想があった。それを実現することが、この国の低身分で能力のある者が生きる場を得る唯一の道だと思っていた。かれはいつも、

「身分や格式で国政が行なえるか」

と不満を持っていた。したがって、

「今、この悪弊を払拭《ふっしょく》しなければ、日本が国際社会へ乗り出して行く力を絶対に持つことはできない」

と思っていた。だからかれは主戦派がいつまで経っても、すでに亡びた徳川家や幕府にしがみついている様が可哀相で仕方がない。

(全く、時世を知らないやつらだ)

と思っている。新撰組もその仲間だ。だから勝は、

「うまいことをいって甲州方面へ追っ払い、京都から下って来る政府軍と衝突して、自滅してしまえばいい」

と思っていた。同時に、新撰組も簡単には敗けないだろうから、

「政府軍の方の被害も大きいだろう」

と踏んでいた。いってみれば、

「旧幕府軍と新政府軍の衝突による相殺現象」

を期待していたのである。そうすれば政府との交渉でこっちが有利になる。甲州で敗退して江戸に潜入しても、ほとんど袋の鼠《ねずみ》になっていて落ちつける場所がない。已《や》むを得ず下総流山へ脱出するときに、近藤と土方は改めて勝の謀略性を話し合った。

「全く大したやろうだよ。勝って奴は」

勝は邪魔な主戦派をほとんど江戸から追い払って、着々と西郷との和平交渉に臨んでいたのだ。大変な政略家だった。

山岡鉄太郎と益満休之助は、三日後の三月九日に駿府に着いた。すぐ西郷に会見を申し込んだ。西郷は待っていた。海舟の添状を読んだ後に、

「これが慶喜さんの謝罪の条件だ」

といって七項目の条件を示した。西郷も大人物だ。一介の旗本でしかない山岡鉄太郎とこういう交渉をするというのはさすがに懐《ふところ》が大きい。山岡は条件を読んだ。

一、徳川慶喜は一応謹慎恭順をしているので、特に一命を助け、備前（岡山）藩へ御預けにする事

一、江戸城は明け渡す事

一、幕府の軍艦は残らず引渡す事

一、幕軍が持っている武器弾薬もすべて引渡す事
一、江戸城内に住んでいる幕臣は、まず向島へ移り謹慎する事
一、徳川慶喜の妄挙を助けた連中は、今後厳重に取調べ、謝罪の道をきっちり立てる
一、玉と石を共に砕くの御趣意は全くないので、鎮撫の道を立て、若し暴挙する者があり、手に余るようなことがあれば官軍が鎮圧する事

付けたりとして、

「右の条件がきちんと行なわれれば、徳川家の家名の儀は、取り潰す事なく寛典《かんてん》の処置が仰《おお》せ付けられるだろう」

とされていた。はじめの案よりやや後退している。それは徳川慶喜の命を助けることと、また慶喜の暴挙（鳥羽伏見の戦を指す）をそそのかした面々は、死罪に行なうという予定だったのが、これもまた命を助け謝罪の道を開くというような緩やかなものに変わっていた。

伝えられるところによれば、山岡鉄太郎がこの時反対したのは、第一条にある、

「徳川慶喜を備前藩へ預けること」

という一項目だったという。山岡は西郷に対して、

「先生がもしもわたしの立場に立って、先生のご主君を他大名家にお預けにするという項目が入っていたら、一体どの様にお受け止めになるか」

と逆ねじを食わしたという。これには西郷もぎゃふんと参って、

「わかった、もう一度考えよう」

と応答したという。しかし山岡が反対したのはこのことだけではない。実際には勝に命ぜられていたことがあった。それは、

「幕府が持っている武器弾薬・軍艦は、当面は引渡さない。なぜなら、反政府的行動をとるような暴徒が関東一円にまだ沢山いるので、これは旧幕府の手をもって鎮圧したいためだ」

といわれていた。この辺に勝の二枚舌というか、二枚腰というか複雑な面がある。つまり勝は常に、

「和戦両様」

の作戦をとっていた。現に、徳川慶喜が鳥羽伏見の戦に負けた幕軍を見殺しにして、敵前逃亡して江戸城に戻った時に、

「戦うべきか、恭順すべきか」

という大論議が江戸城内で行なわれた。この時勝が、

「もし戦うのならば」

といって、次のような作戦を述べている。

・幕府艦隊を駿河《するが》湾に派遣して、東上してくる政府軍を海上から砲撃する

・幕府陸軍を、箱根の小田原に待機させ、箱根を越えて来た政府軍を撃滅する

・それでもなお幕府側が敗れることがあれば、江戸は市中のやくざややっちゃ場（市場）の連中によって、自ら焼き払う

という、凄《すさ》まじい焦土作戦を提案した。列席者はみんな目を見張った。

（幕府を薩長に売渡したといわれている勝が、そんな作戦を持っていたのか）

と感じたからである。だから、近藤勇や土方歳三たち新撰組の残党を、甲府城へ差し向けたのもその含みがあった。つまり勝は、単に甲陽鎮撫隊として、新撰組残党を甲州へ送り込んだわけではない。

（新撰組は猛者揃《もさぞろ》いだ。場合によっては新政府軍を散々に悩まし、かなりの打撃を与えるかもしれない）

という計算もしていた。しかしこれは新撰組が惨敗し、失敗した。したがって、山岡鉄太郎に、

「旧幕軍の武器弾薬・軍艦を引渡す項目は承知するな」

といったのも、かれが立てた焦土作戦を完全に頭の中から拭《ぬぐ》い去っていなかったからだ。勝はそれなりに、常に、

「捨て身の懸崖《けんがい》に立ったぎりぎりの戦法」

を持っていたのである。勝もまた、若い時から禅を学んだ。山岡鉄太郎に通ずるものがある。山岡は普段は、

「勝は常にちょろちょろしていて、一体幕府の人間なのか薩長の手先なのかわからない」

と、勝の灰色に近い不透明さを嫌っていた。しかし、禅の極意においては共通するところがある。つまり、

「いざとなった時は、生命を賭《と》して事に当たる」

という姿勢だ。今度のアヒルの水搔きとしての一次交渉を山岡鉄太郎に托した勝の態度にはそれがあった。つまり、

「すべてをお主に任せるわけではない。最後の締め括りはおれが責任を取る」

という態度だ。それは、勝の目を見ていれば分かった。勝の瞳は澄んでいた。山岡はその澄んだ目を見て、

（これは本物だ。勝さんは嘘《うそ》をついてはいない）

と感じた。だからこそ、こんな危険な役割を承諾したのである。

山岡鉄太郎は、自分の言いたいことだけをいうと、

「しかし、わたしはあくまでもアヒルの水搔きであって正規の使者ではありません。どうか、西郷先生が勝先生と直接お会いになって、正式な取決めをしていただきたい」

といった。西郷は承知した。三月十五日は目前に迫っている。西郷は急ぎ駿府を出発した。そして、三月十三日に江戸高輪《たかなわ》にあった薩摩藩邸に入ると同時に、勝海舟を招いた。しかし、この日は、

「しばらくでした」

「あなたもご壮健で」

という型通りの挨拶を交わしただけですぐ別れた。勝も狡猾《こうかつ》な人間だから、すぐ肝心な要件に入るような真似はしない。つまり、

「安売りはしないぞ」

という姿勢を貫いたのである。

この三月十三日には、前に書いたように政府軍の総参謀西郷隆盛の意を受けて、腹心の木梨精一郎が、横浜のパークス公使に面会していた。

「戦争が起こった時に、負傷者が予想されるので外国の病院を使わせていただきたい」

と申し入れたのに、パークスが、

「まだそんなことを言っているのか！」

と怒鳴りつけたという話は前に書いた。この時にパークスは、

「慶喜は恭順の意を表しているので、助命して貰《もら》いたい。江戸城を受け取れば、新政府の目的は遂げられるはずだ。これは、万国公法の定めるところである」

と告げた。万国公法といわれると木梨も弱かった。

「わかりました」

といって、高輪藩邸に入っていた西郷に報告した。西郷は渋い表情になった。

「万国公法か」

西郷と親しかった故坂本龍馬がよく口にしていたことだ。坂本龍馬は、土佐の町人郷士の出身だったが、死ぬまでに三段階に亘る自己変換を行なった。最初は、郷士から正規の武士になろうとして、

「今は刀の世の中だ」

といって、剣術の修行に夢中になった。しかししばらく経つと、

「もう刀の世の中ではない。こいつの時代だ」

といってピストルを見せた。高杉晋作から貰ったものだという。高杉晋作が上海《シャンハイ》に行って、外国列強の侵略ぶりをまざまざと眼のあたりにした。そして、

「日本を絶対に第二の清国にしてはならない」

と決意した。それまでの高杉は熱烈な攘夷論者だったが、清国の上海《シャンハイ》の状況を見て、

「もう、攘夷の世の中ではない。第一日本の国力にそんな力はない」

と感じた。しかし、高杉は利口だから、

「出来もしない攘夷を幕府に迫ることが、幕府の命を縮めることだ」

と考えて、作戦的には次々と、過激な攘夷行動に出た。案の定幕府は窮地に陥った。しかし坂本龍馬が最後に自己変革を遂げた時には、

「もう、武器の時代ではない。これの時代だよ」

といって、懐から万国公法を出して見せた。つまり、

「紛争は、すべて法というルールを基準にして、同じテーブルにつき話し合いによって解決すべきだ」

という民主主義的な境地に達していたのである。西郷はそのことをよく知ってい

た。知った上で、

「その道はとれない。いま幕府を潰すのには、どうしても武器によらなければならない」

という考えに立っていた。これは坂本龍馬と同じ土佐出身の、中岡慎太郎の論によるものだ。中岡慎太郎は、

「坂本のような生温《なまぬる》い方法で、この国を変えることはできない。血を見なければだめだ。内戦を起こして、日本人同士が殺し合った上で、はじめて真の新しい政府が樹立できる」

と、しきりに〝戦争の効用〟を説いていた。今新政府軍が、武力による実力行使をもって江戸城に迫っているのは、坂本龍馬の論によるのではない。すべて中岡慎太郎の、

「戦争の効用・日本人同士が血を流し合う」

という説に基づいている。

三月十四日、再び勝海舟と西郷隆盛の会見が行なわれた。この時、勝は一つの案を持って行った。山岡鉄太郎仲介によって示された新政府の、

「徳川処分案」

に対する、勝なりの考えをメモったものである。次のようなものだった。
一、徳川慶喜は隠居の上水戸で謹慎すること
一、徳川慶喜の暴動を助けた諸大名は、寛典に処して一命を助けること
一、旧幕府の軍艦と武器は残らずとりまとめておき、追って寛典の処置の沙汰《さた》があったときに相当の員数を残してあとを新政府に差し出すこと
一、江戸城内の居住の者は城外に移って謹慎すること
一、江戸城は明け渡しの手続きをした上で、即日田安家に預けられたい
一、暴徒鎮圧の件は、精々行き届くようにする。万一手に負えなくなった場合は、その節改めてお願いする

読んだ西郷は渋い表情になった。先手を打たれたからである。西郷が勝に話そうとした徳川処分案は、ほとんど山岡鉄太郎に示したものと同じだった。勝は各項目ごとに、

「そいつは受けられない。こっちの考えはこうだ」

と、相当強引な巻きかえし案を示して来たのである。しかし西郷は大物だった。読み終わった後に、ニコリと笑った。

「なかなか難しい条件でごわすなあ。おいどんの一存ではいき申さぬ。大総督に相談

するので、
　そう告げたあと、暫時《ざんじ》ご猶予ください」

「明日の江戸総攻撃は中止します」

　といった。とぼけ面のうまい勝もさすがに喜びの色を表情にあらわした。

「それは」

　というと、バッと引き下がり正座して、西郷に丁寧に頭を下げた。

「西郷先生、このとおりです。おかげで、江戸百万の市民が救われます」

　といった。これは本気だった。かれが江戸城で前に話した焦土作戦を告げたのも、決して本心ではない。

（そんな馬鹿なことをしても、だれも得はしねえ）

　と思っていたからだ。三月十四日の西郷の一言は、その意味では勝にとって今まで胸の中に一杯溜《た》まっていた滓《かす》を一挙に押し流した。

　西郷隆盛はすぐ大総督府へ発った。そしてそのまま時間が流れた。三月十五日は約束どおり何事も起こらなかった。ただ、旧幕臣の川路聖謨《かわじとしあきら》が自殺した。川路は本気で三月十五日に総攻撃が行なわれると思っていたのである。かれの自殺の方法はピストルだった。

「日本人のピストル自殺第一号」

である。

西郷からは梨《なし》の礫《つぶて》だった。勝は少し苛立《いらだ》った。

(西郷さんは、一体何をしていやがるのだろう)

と思った。が、勝にすれば、

(おれが江戸のムジナだとすれば、西郷も薩摩の大狸《おおだぬき》だ。駆け引きをしてやがる。おそらくおれを苛らつかせるためだろう)

と感じていた。が、根っこのところでは西郷を信じていた。

(西郷さんは、決しておれを裏切るようなことをするはずがない)

と思っていた。元治元年九月十一日に幕府の最高秘密を漏らし、

「早くあなた方の手で、幕府を潰しなさい」

といったことは、勝もよく覚えている。今の状況は正《まさ》しくあの日の助言どおりになってきている。西郷はそれを知っているはずだ。

四月四日、勝海舟に呼び出しが来た。呼び出したのは勅使橋本実梁《はしもとさねやな》というお公家様だ。かれは東海道先鋒総督という軍事職に在った。

「四月十一日に江戸城に入城する。穏便に明け渡すように」

橋本はそういった。橋本は、第十四代将軍徳川家茂《いえもち》の妻になった皇妹和宮《かずのみや》の従弟《いとこ》である。だから肉親の情としても、

「徳川家に嫁いだ和宮に万一のことがあってはならない」

と思っていた。この辺が、新政府軍の弱みの一つでもある。勝はしばしばこのことを西郷への文面に書いた。西郷は、

「おいどんを脅《おど》すのか？」

と渋い表情をし続けた。しかし、天皇親政の政体が、旧皇族の生命に関わるようなことをしたとあっては大問題になる。また和宮も緬々《めんめん》と、

「どうか、徳川慶喜の助命と、徳川家の存続をお願いしたい」

と、大総督有栖川宮熾仁親王に親書を届けている。有栖川宮は、家茂の妻になる前の和宮の許嫁《いいなずけ》だった。因縁が深い。無視できない。したがって橋本実梁の態度は複雑だ。勝海舟はそんなことは百も承知だった。そこで、

「かしこまりました。四月十一日には穏便に江戸城をお引き渡し致します」

と約束した。満足気に頷いた橋本は、

「勅諚《ちょくじょう》（天皇の考え）である」

といって、一通の文書を渡した。徳川家に対する降伏条件が列記されてあった。

一、徳川慶喜は水戸に謹慎を命ずる
一、徳川慶喜の暴挙を助けた諸重臣の死は免ずる
一、開城後の江戸城の管理は尾張徳川家に命ずる
一、徳川幕府所有の軍艦と武器は、ひとまず政府が没収する。しかし、必要が生じた場合はその一部を差し戻す

というものだった。勝は目を上げて橋本を見返した。そして、感謝の色を浮かべながら、

「ありがとうございました。お受け致します」

と即答した。大得点だった。

・徳川慶喜のお預けが備前藩から生家の水戸にかわったこと
・幕府が持っている武器・軍艦も形の上では新政府が没収するが、必要に応じてその一部を返還すること

の二点である。すべて、西郷隆盛が三月十四日に渡した勝のメモにおける要求を飲んでくれたのだ。

(さすが西郷さんは器量が大きい)

勝はそう思った。元治元年九月十一日の夜大坂で西郷に会うために、その打診に門

人の坂本龍馬を赴かせた。戻って来た龍馬に、勝がきいた。

「西郷さんは、どんな人物だった？」

するとと坂本龍馬はニヤリと笑ってこう応じた。

「そうですなあ。例えてみれば西郷さんは太鼓のようなものです。大きく叩けば大きく響き、小さく叩けば小さく響きます。わたしなんぞ、小さな叩き方しかできなかったから、西郷さんもそのように応じました。しかし、勝先生が大きなバチで叩けば、西郷さんも大きく鳴るでしょう」

勝は笑った。坂本龍馬の答え方も面白かったが、龍馬の西郷への印象がその通りだろうと思えたからである。今回の交渉成功はまさに、

「西郷さんは大太鼓だ。大きく響き返してくれた」

と思えたのである。

武士精神

こういう交渉が着々と進行している最中に、捕らえられた近藤勇の訊問がはじまっていた。

「江戸開城と徳川処分」

に対する受け止め方は、政府軍の中でもそれぞれ違った。薩摩藩は喜んだ。薩摩藩と軍事同盟を結んでいる長州藩も別に異論はない。長州藩は、

「そんなことはどうでもいい。それよりも、もっと先のことを考えるべきだ」

と戦略をさらに一歩進めていた。こだわったのが土佐藩だ。土佐藩は、江戸城の無血開城と、総攻撃中止のことを聞くと、

「なに！」

と目を剝《む》いた。特に東山道軍に属している板垣退助や谷干城は、じっとお互いの顔を見合ったまま、眼の底に憤怒の色を浮べた。不満だった。

東山道軍に参加してから、板垣と谷は先に立って、信州諏訪で赤報隊を処分し、さ

らに上州に入ってから権田村で旧幕臣小栗上野介を処刑している。こういう血の処分を続けて来たのも、

「鳥羽伏見の戦いに出遅れた土佐藩が、一挙に薩長と並ぶ立場を得たい」

という気持ちに燃えていたからだ。そのことはとりもなおさず、

「新政府内において、土佐藩も枢要ポストを占めたい」

と願うからである。それには、遅れを取り戻さなければならない。遅れを取り戻すということは、

「この戦争で、土佐藩の存在を示すような武功をあげる以外ない」

と思い込んで来た。だから眼を血走らせ、血眼《ちまなこ》になって、

「武功の対象になるような敵の存在」

を猟犬のように追い求めてきたのである。ところが、

「江戸開城劇」

の大舞台は完全に薩摩藩にさらわれてしまった。またもや薩摩藩の名が上がり、同時に薩摩藩の代表者である西郷隆盛の名が上がった。今、板垣退助や谷守部やこれと組む水戸出身の香川敬三にすれば、

「この事態をひっくり返す持ち駒は、大久保大和と称している近藤勇だけだ」

ということになる。この持ち駒を有効に生かすのには、近藤の罪を最大限に拡大することだ。そしてその罪を、

「薩摩藩への巻き返し」

に結びつけることだ。それには、何としても、

「近藤と勝との密約」

にまで発展させなければならない。それは勝が決して温和な恭順論者ではなく、むしろ腹の中には、

「徹底抗戦論者」

であるという証拠を挙げることだ。旧新撰組が甲陽鎮撫隊として甲府城占領に赴いたのも、また下総流山に屯集《とんしゅう》して調練を行なっていたのもすべて、

「最後まで政府軍に徹底抗戦するため」

という目的を引き出すことがひとつ。そして、

「その密命を与えたのは、勝海舟である」

という証拠を挙げることだ。そのために、

「密約の事実を近藤自身の口から白状させる」

ということに、板垣と谷は合意した。香川敬三も、

「その線で訊問をすすめろ」

と大いに煽《あお》った。前にも書いたように、東山道軍はいわば、

「岩倉一家」

が核を成す軍隊だ。だから香川・板垣・谷のコンビは、そのまま東山道総督の岩倉具定の父である具視の意志だと見ていい。ということは、具視も、

「このまま放置すれば、薩摩藩の力が抑えられないほど強大になる。どこかでセーブしなければならない」

と考えていることを物語る。そして、その押さえ手に、

「出遅れた土佐藩を利用しよう」

と思っている。岩倉も相当な政略家だ。土佐藩急進派は敏感にそれを感じ取った。だから、

「この流れに乗り、さらに加速度を加えて、新政府の中に確とした地歩を占めるのだ」

と思っていた。それは板垣や谷の個人的な危機感の裏返しでもあった。

そもそも土佐藩が出遅れたのは、十二月九日の王政復古の号令が出る直前の小御所会議にあった。この会議で、岩倉や岩倉に心を合わせる薩摩藩・長州藩の出席者は、

「徳川慶喜に納地納官を命ずるべきだ」

と主張した。これに対し、山内容堂や松平春嶽《まつだいらしゅんがく》（慶永《よしなが》）は反対した。

「それは非道にすぎる。そこまで迫るのなら、当然この席に徳川慶喜を呼ぶべきだ」

と主張した。脇の部屋に西郷隆盛がいた。経緯を全部聞いていた。一旦休憩があった時に、西郷は茶を飲みに来た列席者にいった。懐《ふところ》から一本の短刀を取り出し、

「これ一本あれば会議は収まりますぞ」

凄まじい脅迫であった。列席者は震え上がった。顔を見合わせた。結局、会議で納地納官の儀は決した。もはや山内容堂も松平春嶽も文句は言わなかった。

しかし、鳥羽伏見の戦いが起こった時、突出する板垣や谷たち急進派を押さえて山内容堂はこう言った。

「出るな。この戦争は徳川と組む会津と薩長との私戦だ」

板垣と谷は思わず息を飲んだ。

（何という馬鹿なことを！）

と呆《あき》れた。ズレもいいところだ。しかし君命である。その点、板垣や谷もやはり土佐藩士の枠からはみ出すことはできなかった。かれらはあくまでも、

「組織に属する武士」

なのである。容堂のこの一言によって、土佐の急進討幕派は行動を制限された。鳥羽伏見の戦いには、土佐藩兵はほとんど何の武功もあげていない。それだけでなく、薩長軍からは、

「土佐藩は臆病《おくびよう》だ。日和《ひよ》っている。また分がいい方に付くつもりなのだろう」

と嘲《あざわら》笑われた。松平春嶽の率いる越前藩もそうだったが、こっちの方はいわば、

「徳川の一門」

であって、そうであっても不思議ではない立場にある。土佐藩は、鳥羽伏見戦争の時の足踏みで、完全に先頭グループから取り残されてしまった。二番手、三番手と距離を置かれていった。やきもきしたのが板垣退助や谷守部たちであった。

こういう経緯を、近藤勇は自分を捕らえた薩摩藩士有馬藤太から詳しく聞いていた。有馬藤太も、すでに大久保大和と名乗る武士が近藤勇だということは知っている。

「かなり、あなたの顔を知っている人間が多いようです」

そう告げていた。近藤は観念していた。それは、越谷の陣から板橋の本営へ送られる時の護衛隊長が、彦根藩の渡辺九郎左衛門であったことですぐピンときた。さらに板橋本営では、すでに囚人扱いで牢《ろう》にぶち込まれた。しかも最初の訊問が行なわれた

仮白洲では、建物内に上げられることなく、庭に敷かれた粗末な筵の上だった。完全に、罪人扱いである。しかも、武士に対するそれではない。一般の庶民の犯罪者扱いだ。

（すべてばれている）

近藤は観念した。しかし心の一隅には、

（どんなことをしても時間稼ぎをして、土方たちを会津に送り込まなければならない）

と思っていた。だから、しらばくれられる限り、

「自分は大久保大和である」

と、嘘《うそ》をつき通す覚悟だった。この審判における、被告としての自分の罪状は明らかだ。土佐藩は自分たちの立場を有利に導くために、

「旧新撰組の行動はすべて勝海舟の密命による」

ということをいわせようとするだろう。しかしそんなことになったら、薩摩藩の立場はなくなる。特に西郷隆盛と勝海舟の腹芸によって行なわれた、

「江戸城の無血開城」

もひっくり返ってしまう。

「勝は表面は和平派を装っているが、本当の腹はあくまでも政府軍に抵抗するつもりなのだ。無血開城を装いながらも、政府軍を江戸市中に引き込んだ後、周囲から何を仕掛けるかわからない」

といわれる。そうなれば西郷と勝の合意はちゃらになる。改めて、

「江戸城総攻撃」

が行なわれ、江戸も焼かれることになるだろう。百万の江戸市民は、逃げ道を求めて阿鼻叫喚《あびきようかん》の苦しみを露呈する。今はそういう危機を孕《はら》む一触即発の状況だった。

有馬藤太は露骨にそんなことはいわない。しかし、

「わたしは西郷先生を尊敬しています。その西郷先生は勝先生を尊敬しておられます」

と遠回しに暗示するだけだ。しかしその暗示は、

「あなた方の行動が、すべて勝先生の指示によるものだとは絶対に言わないでほしい」

という強制力を持っていた。近藤はそんなことは百も承知だ。そして、有馬藤太には告げていないが、実は流山の味噌屋を出る時に、近藤は土方にこう囁《ささや》かれた。

「すぐ勝さんのところに行きます」

「なに」

近藤は土方を見返した。土方は意味深長な目で、

「まかせてください」

といった。近藤には土方の気持ちが分かった。土方は勝海舟のところに行って、近藤逮捕のことを告げたあと、

「すぐ、あなたから近藤さんを釈放するように政府軍に頼んでください」

というつもりなのだ。その依頼には、

「そうしなければ、ばらしますよ」

と、今までの旧新撰組の軍事行動が、すべて勝の密命によっていることを政府軍に告げると脅すはずだ。いや、事実土方はそうしているだろう。

「そうなれば」

近藤は、一縷《いちる》の望みとして土方の勝への交渉結果が待ち遠しかった。勝にしても、そんなことをされてはたまらない。こういうところが、二面性のある人間の辛《つら》いところだ。確かに人間は、

「円のような存在」

だ。三百六十度方位から光を当てることができる。どの角度から光を当てるかは、

当てる人間の自由だ。何でもないときは、三百六十度方位から当てる光をそれぞれが尊重し合うこともあるだろう。しかし、切羽詰まった利害関係が絡んだらそうはいかない。やはり、自分と違う角度から光を当てる者は敵になる。勝海舟はそういう、

「いろいろな角度から光を当てる存在」

だった。が、今は光を当てる側が、

「おれの光の当て方が最も正しい」

と主張し合っている。薩摩藩の光の当て方は、勝に対して寛大だ。が、土佐藩は違う。逆に、

「薩摩藩の光の当て方は間違っている」

ということを立証しようとしている。もうひとつ、土佐藩が勢い込むのには、江戸に乗り込んで来た政府軍の士気（モラール）にも関わりがあった。遮二無二江戸の入り口に到達した政府軍たちは、

「三月十五日こそ、旧徳川幕府の根城を根絶やしにする日だ」

と勢い込んでいた。だれ一人として、

「江戸総攻撃中止」

の命令が出るとは思っていなかった。それが出た。しかも、理由は、

「大総督府参謀西郷隆盛と、旧幕府代表勝海舟との会談」

に因るという。みんな呆然《ぼうぜん》とした。すぐ、怒りの声が沸き上がった。

「西郷参謀の独断だ、けしからん」

という声が起り、そしてその声は、

「またもや、薩摩藩の謀略だ」

という風に変わった。薩摩藩を、

「権謀術策の限りを尽す大名家」

と見ていたのは、何も佐幕側だけではない。倒幕側でも同じだった。

「薩摩藩は、いつ何をやるかわからない」

という警戒心は、だれもが持っている。だから、三月十四日に突然、

「明日の江戸総攻撃は中止する」

という命令が出たとき、一瞬唖然《あぜん》としたものの、すぐ政府軍諸藩は、

「またもや、薩摩にしてやられた」

と思い至ったのである。しかし、この落胆と怒りはそのまま、

「戦意の不完全燃焼」

という現象を起こした。それは薩摩藩内でも同じだった。下級兵士たちは上層部に

おける政治交渉など縁がない。とにかく、

「江戸城を攻め落として、蓄えられている金品を略奪してやろう」

と思っているような連中ばかりだ。これがいきなり水を掛けられてしまった。そうなると、不完全燃焼になった戦意ははけ口が必要になる。もちろん、江戸城を攻め落とした後も、会津や庄内（山形県）には京都守護職を務めた松平家の鶴ヶ城や、あるいは江戸市中取締りの任に当たっていた庄内藩酒井家の鶴岡城などが残っている。しかし、会津や庄内は、今の食事に例えてみれば、

「メイン料理の後に出るデザート」

のようなものだ。メインはやはり江戸城なのである。肉のステーキか魚のムニエルかは別として、とにかくデザートを楽しむためには、メインを堪能《たんのう》しなければならない。そのメインが出ずに、

「お預け」

になってしまったのだから、いきなりデザートを食っても満足はしない。土佐藩の急進討幕派はこの辺の空気をよく摑んでいた。だから板垣や谷にすれば、

「近藤を責め立てて、勝との密約を白状させれば、不完全燃焼を起こしている政府軍にメイン料理を食わせることができる」

と考えたのである。近藤の白状によって、勝との密約が明らかになり、薩摩がきまり悪げに引っ込めば、今度は土佐藩が正面舞台に躍り出て主役になる。そのときは、

「江戸城攻撃中止を撤回し、改めて江戸城を攻め落とす。江戸の町も焼く」

という宣言が行なえる。おそらく、不完全燃焼を起こしている政府軍将兵も、歓声を上げて喜ぶにちがいない。板垣や谷にすれば、そういう政府軍将兵の喜ぶ表情が手に取るように分かった。そうなれば今まで、

「日和見《ひよりみ》で優柔不断な土佐藩《ばんかい》」

といわれてきた汚名も挽回できる。

有馬藤太の心配は近藤にはよく分かる。というのは、板垣や谷が狙《ねら》っているように、旧新撰組の甲州における行動も下総進出もすべて、勝の密命によるものだからだ。

甲府で敗れて江戸に舞い戻り、脱出して、五兵衛新田に宿営していたときにも奇妙なことがあった。それは、近藤たちがいくら、

「五兵衛新田を出て下総流山に移りたい」

といっても、担当の松平太郎《まつだいらたろう》がなかなか許可を与えなかった。松平太郎は今、軍事取扱を務める勝の下で、終戦処理をしていた。

しかし、

「五兵衛新田への封じ込め」

は、必らずしも松平太郎の意思によるものではなく、その背後にいる勝海舟の密命だということがやがて判明した。近藤と土方は怒った。

「勝の野郎は、いつまで経っても性根が直らねえ」

勝の密命による松平太郎の指示は、刻々とこの方面に増える官軍の包囲網が、次第に五兵衛新田に向けられて縮まっていることを知っていたに違いない。

「結局は、おれたちを袋の鼠にして、叩き殺すつもりなのだ。勝さんはとっくの昔におれたちを見放しているよ」

土方はそう嘯《うそぶ》いてせせら笑った。当たっていた。同感だったので、近藤はその夜、

「流山へ移る」

と、松平太郎の許可は得ずに、独断で下総流山に移動したのだ。これも勝にすれば、後で分かっても、

「自分はあくまでも五兵衛新田にとどまるように指示していた」

と言い張るに違いない。大体甲州への出撃にしても、下総流山への出撃にしても、勝が表向き理由にしているのは、

「各地域で起こる暴徒の反政府的行動を旧幕兵によって鎮圧するためだ」

ということである。それでいながら腹の中では、

「暴徒が暴れまくって、政府軍を目茶目茶に痛め付けてくれればよい」

と思っているのだから始末に負えない。

しかし、近藤勇はいかに有馬藤太が自分の世話をよくしてくれても、こんなことは一言も漏らしたことはない。また、どんな厳しい訊問に合おうとも、

「自分の行動は、すべて勝の指示である」

などというつもりもない。これは別に勝を庇《かば》うという意味ではない。近藤の、

「武士精神」

が許さないのだ。近藤はもともとは、農民の出身である。しかし、かれが剣術を習い、同時に天然理心流の道場を構えたのは、

「武士精神」

を持とうと思ったからだ。

かれが京都で編成した新撰組には「法度《はっと》」があった。その第一条に、
士道ニ背《そむ》キ間敷《まじき》事
というのがある。士道に背くなというのは、

「武士精神に背くな」

ということだ。そして、入隊者すべてにこれを強制したのは、

「新撰組入隊者は、過去がどんな身分であろうと、入隊後はすべて武士として扱う」

ということの表明に他ならなかった。だからこそ、

「士道に背く者は、必らず切腹させる」

という厳しい制裁措置を設けたのである。これが評判になった。それは、

「新撰組に入れば、だれでも武士になれる」

と喧伝《けんでん》されたからだ。毎日のように入隊志望者が押し掛けた。一時期は二百数十人に膨れ上がったこともある。これはちょっとした大名家と同じだ。新撰組が発足した当時は、隊の最高職である局長が三人いた。近藤勇・芹沢鴨《せりざわかも》・新見錦《にいみにしき》だ。土方歳三と共に副長を務めることになった山南敬助《やまなみけいすけ》がいった。

「派閥均衡の人事ですね」

近藤は苦笑した。土方は渋い顔をした。土方は山南敬助があまり好きではない。

「理屈ばっかりいってやがる」

と鼻の先でせせら笑っている。土方は、

「実行が先だ」

というタイプだから、思想家であり理論家でもある山南敬助が苦手だ。

しかし、今考えてみれば確かに山南のいうとおりだ。囚われた今の近藤は、

「新政府内の派閥闘争」

に巻き込まれている。

「派閥闘争対近藤勇個人」

の戦いなのだ。ところが、派閥闘争の一方の主である薩摩藩が、しきりに近藤に工作して来る。近藤も昔の近藤とは違う。京都にいた六年の間に、

「派閥の争い」

ということを嫌というほど目にした。聞きもした。同時に彼自身、かなり政略も使った。そうしなければ新撰組が存在し得なかったからである。近藤にとって新撰組の存在は、

「宝物」

と同じだった。それはかれが夢を見続けて来た、

「だれもが武士になれる場」

を自ら作り出したからだ。新撰組は近藤の夢の創造物であった。生臭い政府軍内の派閥争いは有馬藤太が教えてくれた。有馬藤太は総督府副参謀だったが、水戸出身の

東山道総督大軍監の香川敬三の指揮下で、近藤を流山で捕えたのである。近藤の世話をする係官は薩摩藩出身だったので、比較的好意的だった。しばしば、

「大丈夫でしょう」

と囁いた。しかし近藤は油断はしていない。というのは、これだけ沢山の政府軍が江戸に迫っているのだから、当然近藤の顔を知っている兵士もいるに違いない。特に新撰組から離脱して行った隊士の中には、もともと、

「尊皇攘夷論」

を唱えて、思想的に近藤たちと合わなかった者が多い。そういう連中を、近藤たちは隊秩序を守るためにしばしば暗殺した。騙し討ちにもした。その恨《うら》みは深い。したがってすでに板橋に到着している東山道軍の将兵の中にも、

「あいつは新撰組隊長の近藤勇だ」

と、ひそかに告げている者もいるだろう。そうなると、訊問官の中にも、

(こいつは近藤勇だ)

と認識している人物もいるはずだ。しかし近藤は官姓名を問われても、現在の自分の職と名を名乗った。

「徳川家の若年寄格大久保大和剛と申します」

「いい加減なことをいうな！」

違う訊問者が怒鳴った。近藤が静かに見返すと、その訊問者は喚《わめ》くようにいった。

「おれは土佐の谷守部だ。幕府は王政復古によって消滅した。若年寄格などという職があろうはずがない。嘘をつくな」

「いや」

近藤は静かに微笑んだ。そしてこういった。

「ですから、わたくしは徳川幕府の若年寄格とは申し上げておりません。徳川家の若年寄格と申し上げたはずです。おっしゃるように、慶応三年十二月九日の王政復古の大号令によって、徳川幕府は完全に消滅いたしました。それまでの幕府の職もすべて廃止されました。したがって、その後のわれわれの職はすべて徳川家の家職になりました。その意味で申し上げました」

「こいつ」

椅子から前へ転がり落ちんばかりに身を乗り出して、谷守部と名乗った武士は目を剝いた。近藤は疑問に思った。

(この谷という男は、なぜおれをここまで憎むのだろう？)

薩摩藩の有馬藤太は、

「今度の訊問で、貴殿に最も厳しく対するのは土佐藩ですからご注意を」

といった。実をいえばこれもよく分からない。

(土佐藩がなぜおれを特別に憎むのか？)

これには近藤の知らない事情がある。板橋の本営に着いて、

「近藤をどう追詰めるか」

という訊問の方法を相談した時、大軍監の香川敬三と参謀の板垣退助は、谷にこういった。

「あの男から聞き出すことは勝との密約のほかにもう二つある。ひとつは、本人の口から旧新撰組隊長近藤勇であることを吐き出させること。もうひとつは、中岡慎太郎先生を暗殺したのは、新撰組であったこと、この二つだ。いいな」

谷は頷いた。谷自身も、その二つに異常な関心を持っていたからである。

龍馬暗殺の真相

板橋の本営に護送された時、すでに近藤の面は割れていた。かつて新撰組に籍をおき、

「新撰組のやることは、どうもわれわれの思想とするところと異る」

といって、脱退して行った一派がある。常陸《ひたち》（茨城県）志筑《しづく》出身の志士で伊東甲子《いとうかし》太郎《たろう》とその一味だ。伊東甲子太郎はもともと、

「尊皇攘夷論者」

の一方の旗頭だった。新撰組の位置が市民権を得、京都市内においても定着したときに、近藤はなぜか、

「関東へ隊士の募集に行く」

といって江戸へ向かった。近藤が見たところ、今までの入隊者の性格や傾向を見ていて、

「どうも上方の武士は、きょろきょろしていて落ち着かない。武士はやはり東国に限

る」

と思えた。古い武士観である。しかし土方歳三も同感だった。江戸に行った近藤が、江戸市中で剣術の道場を開いていた伊東甲子太郎に会った。近藤もかつては三流道場を開いていたので、伊東とはすぐ意気投合した。隊士募集のことを話すと、伊東甲子太郎は、

「思想は自由ですか」

ときいた。近藤は頷いた。そして、

「わたしも尊皇攘夷佐幕論者です」

と、三つの思想をミックスして保持していることを告げた。伊東は苦笑した。

「面白いお考えですなあ」

しかし伊東は入隊を承諾した。

「数人の同志がいますがよろしいですか」

「どうぞどうぞ。多ければ多いほどわたくしの方は助かります」

人のいい近藤は頬《ほお》を崩して頷いた。この時伊東と共に新しく入隊したのは、伊東の実弟鈴木三樹三郎《すずきみきさぶろう》・中西登《なかにしのぼる》（昇）・内海二郎《うつみじろう》・服部武雄《はっとりたけお》・佐野七五三之助《さのしめのすけ》・篠原泰之《しのはらたいの》進《しん》・加納道之助《かのうみちのすけ》などであった。これが元治元（一八六四）年暮のことで、翌年の慶応

元（一八六五）年に、新撰組は屯所を西本願寺に移すと同時に、隊を再編成した。

総長　近藤勇　副長　土方歳三　参謀　伊東甲子太郎
一番組長　沖田総司《おきたそうじ》　二番組長　永倉新八《ながくらしんぱち》　三番組長　斎藤一《さいとうはじめ》
四番組長　松原忠司《まつばらちゅうじ》　五番組長　武田観柳斎《たけだかんりゅうさい》　六番組長　井上源三郎《いのうえげんざぶろう》
七番組長　谷三十郎《たにさんじゅうろう》　八番組長　藤堂平助《とうどうへいすけ》　九番組長　鈴木三樹三郎
十番組長　原田左之助《はらださのすけ》
諸士取扱役兼監察　山崎烝《やまざきすすむ》　篠原泰之進　新井忠雄《あらいただお》　服部武雄　芦屋昇《あしやのぼる》　吉村貫《よしむらかん》一郎《いちろう》　尾形俊太郎《おがたしゅんたろう》
勘定役　河合耆三郎《かわいきさぶろう》　尾関弥四郎《おぜきやしろう》　酒井兵庫《さかいひょうご》　岸島芳太郎《きしじまよしたろう》
伍長《ごちょう》　島田魁《しまだかい》　川島勝司《かわしまかつじ》　林信太郎《はやししんたろう》　奥沢栄助《おくざわえいすけ》　前野五郎《まえのごろう》　阿部十郎《あべじゅうろう》　葛山武《かつらやまぶ》八郎《はちろう》　伊東鉄五郎《いとうてつごろう》　近藤芳祐《こんどうよしすけ》　久米部正親《くめべまさちか》　加納鷲雄《かのうわしお》（道之助）　中西昇　小原幸《おはらこう》造《ぞう》　富山弥兵衛《とみやまやへえ》　中村小三郎《なかむらこさぶろう》　池田小太郎《いけだこたろう》　橋本皆助《はしもとかいすけ》　茨木司《いばらきつかさ》

この他に、各部門に亘る指導役を任命した。

撃剣　沖田総司　池田小太郎　永倉新八　田中寅蔵《たなかとらぞう》　新井忠雄　吉村貫一郎　斎藤一
柔術　篠原泰之進　梁田佐太郎《やなださたろう》　松原忠司

槍術　谷三十郎
馬術　安富才助《やすとみさいすけ》
砲術　清原清《きよはらきよし》　阿部十郎
文学　武田観柳斎　斯波良蔵《しばりようぞう》　尾形俊太郎　毛内監物《もうないけんもつ》

伊東甲子太郎は文学師範の特別格で指導に当たった。この時の編成では、五人に一人の伍長を置き、十二人を一組として組長を置いた。一組十三人で一隊としたのである。総人数は百三十三人となっている。

大体これが落ち着いた時の新撰組の実態だったようだ。だから、のちによく何番隊長とか何番組長とかいわれる役付き隊士の名は、この編成表が基準になっているようだ。伊東甲子太郎は近藤の参謀として、しばしば幕府の政治活動に新撰組が参加する場合には、積極的にこれを補佐した。しかし、近藤の考えが次第に、

「幕府一辺倒」

になって行き、伊東は、

「口にしていた勤王思想をどこへ置き忘れたのだ」

という疑問を持ちはじめた。結局、

「どうも意見が合わない」

ということになり慶応三（一八六七）年三月十日に、伊東は近藤に宣言した。

「隊を離れて、別働隊をつくります」

「なに」

近藤は目を剝いた。脇から土方が険悪な表情になる。土方は言った。

「脱隊か？」

「違う。離隊だ」

「離隊も脱隊も同じだ。法度に照らせば切腹だぞ」

「それを考えるから離隊だと言っているのだ。分派を作るのであって、決して新撰組そのものから離れるわけではない」

「詭弁《きべん》だ。腹を切れ」

短兵急な土方の追及に、伊東は苦笑した。近藤が間に入って、

「まあまあ」

と土方をなだめた。すでに政治家になっていた近藤には、

（伊東には何か企《たくら》みごとがある。しばらく様子を見よう）

と思ったのである。離隊を認め、伊東甲子太郎一派は朝廷に嘆願して、孝明天皇の御陵衛士《ごりようえじ》に任命された。宿所を京都高台寺の塔頭月眞院《たっちゅうげっしんいん》に移した。そして、

「高台寺党」

と名乗った。高台寺は言うまでもなく、豊臣秀吉の妻おねの暮らしていた寺だ。萩で有名である。

この時伊東甲子太郎たちが離隊したのは、新撰組を預かっていた京都守護職会津藩主松平容保の推薦によって、

「新撰組隊士を、幕府の直参とする」

という内示があったためだといわれる。伊東は憤激した。

「それでは、われわれがまるっきり幕臣になってしまうではないか」

近藤はしかし、

「それもひとつの方便だ」

と応じた。伊東は納得しなかった。かれはすでに尊皇倒幕派の志士たちと連携を持ちはじめていたから、

「これ以上新撰組にいると、抜き差しならなくなる」

と感じていた。だから幕府側から、

「新撰組を丸ごと幕府の直参とする」

ということに反対するのはいい口実だった。土方歳三は伊東を睨《にら》み付け、近藤が間

に入って伊東一味の離隊を認めた後、

「だから言わねえことじゃねえ。飼い犬に手を嚙《か》まれたぜ」

と毒づいた。しかし近藤は、

「心配するな。そのままにはしておかぬ」

と笑った。その笑顔を見て土方は、不気味なものを感じた。

（近藤さんにも、こんな恐ろしい面があるのか）

と背筋をゾクッとさせたほどだ。その年十一月十八日、近藤一味は伊東甲子太郎を巧みな言葉で呼び出して、酒をしたたかに飲ませた後、詩を朗々と吟《ぎん》じながら油小路を辿《たど》る伊東甲子太郎を斬殺した。しかも、伊東の遺体を囮《おとり》として辻《つじ》に放り出し、急を聞いて駆け付けた高台寺党の面々を殺した。

伊東甲子太郎と共に新撰組から離れたのは次のメンバーである。鈴木三樹三郎・中西昇・内海二郎・服部武雄・篠原泰之進・加納道之助、これははじめから伊東の門人格で伊東を慕いながら新撰組に参加した連中だ。その他に、阿部十郎・富山弥兵衛・清原清・佐原太郎《さはらたろう》・斎藤一・藤堂平助・新井忠雄・橋本皆助・毛内監物などがいた。全部で十六人である。

このうち、斎藤一は新編成の新撰組で三番組長を務め、藤堂平助は八番組長だった。伊東の実弟鈴木三樹三郎は九番組長である。そして、伊東派の篠原泰之進は諸士取扱役兼監察であり、服部武雄も同じポストに就いていた。加納道之助と中西昇は伍長である。そして新しく伊東派に加わった阿部十郎・富山弥兵衛・橋本皆助は伍長であり、新井忠雄は撃剣の師範であり、篠原泰之進は柔術師範も務めていた。阿部十郎は砲術師範でもあった。毛内監物は文学師範である。

つまり伊東甲子太郎と共にどかどかと下駄を鳴らして新撰組を出て行った連中は、ほとんど再編成した新撰組の幹部連中だったわけだ。これは、もともとかれらが、

「尊皇攘夷思想」

を持っていたのか、それとも伊東甲子太郎の巧みな説得によって、仲間になったのかその辺はわからない。

三番隊長の斎藤一は剣術の達人として鳴らしていたが、藤堂平助とは違って、

「近藤の意を受けて高台寺党に間諜《かんちょう》として潜り込んだ」

といわれている。油小路斬殺事件の直前に壬生《みぶ》の屯所に復帰しているからだ。

この高台寺党の中で、逸早《いちはや》く討幕軍に加わり、東山道軍の一員として板橋の本営に勤務していたのが加納道之助だ。加納は彦根藩士渡辺九郎左衛門が護衛隊長として護送して来た近藤勇を一目見て、はっと息を飲んだ。引き出される近藤を物陰から見な

がら、しばらく経って渡辺に近寄りきいた。

「あれは近藤勇ではないか」

「おれもそう思っている。おぬしも見覚えがあるか」

「あるどころではない。京都で毎日顔を見ていたし、また油小路の伊東先生虐殺事件の恨みは忘れない」

といった。このことはすぐ香川敬三たちに報告された。しかし香川はなぜか、

「その件についてはおれに考えがある。しばらく口をつぐんでいてほしい」

と口止めした。二人は承知した。しかし二人とも、

(香川さんは、なぜあんなことをいうのだろうか)

と疑問に思った。加納道之助は、油小路の斬殺事件の時に、かろうじて伊東の実弟鈴木三樹三郎や富山弥兵衛と共に現場から脱出し薩摩藩邸に匿《かくま》われた。だから、近藤一味に対する恨みは根強い。それだけに、香川敬三が、

「あの男が近藤だということを暫《しばら》く黙っていてくれ」

という言い方には疑問を持ったのである。加納は駿河(静岡県)の伊豆半島出身だった。このことを聞いた谷守部は、

「早速あの男を再訊問し、近藤勇であることを白状させましょう」

と息巻いたが、香川敬三は、

「いや、待て。本人の口から言わせろ。その様に仕向けろ」

と、基底方針を変えなかった。不満に思った谷が板垣退助の顔を見ると、板垣も目で、

「香川さんのいうとおりにしろ」

と告げた。谷守部は渋々頷き、

「わかりました。場合によっては拷問します」

と言い放った。香川と板垣は顔を見合わせた。

谷守部がここまで頭を熱くするのには理由がある。それは近藤が、

「谷という訊問官は、なぜこれほどおれに厳しく迫るのか？」

と感じた疑問に繋《つな》がっている。

離脱者伊東甲子太郎が油小路で斬殺されたのは、慶応三年十一月十八日のことだが、その直前に、伊東はなぜか河原町通り蛸薬師下《たこやくしさが》るところにあった、醬油屋を営む近江屋新助《おうみやしんすけ》の家を訪ねている。かつて近藤勇の剣術の門人でありながら、高台寺党に加わった藤堂平助を連れていた。用向きは近江屋に潜んでいた坂本龍馬と中岡慎太郎の二人に、

「お二人を狙う者がいるので、すぐ土佐藩邸にお帰りになった方がよろしかろう」

という忠告をすることだったという。伊東がなぜ、坂本龍馬・中岡慎太郎暗殺の噂を耳にしたのかその経緯はよく分からない。この時中岡は、

「わざわざのお知らせ、かたじけない」

と礼を言ったが、坂本龍馬の方は、ふんと鼻を鳴らして横を向き、伊東を相手にしなかった。伊東甲子太郎を知らないわけではなく、おそらく前々から噂を聞いていたのだろう。したがって坂本の伊東に対する態度は、

「おまえなど信用できない」

というものだった。しかし、伊東の忠告は的中してこの夜二人は殺されてしまう。

慶応三年十一月十五日は奇《く》しくも坂本龍馬にとって三十三回目の誕生日だった。中岡慎太郎と共に殺されたので、

「二人は同志だった」

といわれる。根っこのところにおいて同志であったことは確かだ。しかし、その理念を実行する方法については二人は全く違った。はっきり言えば、坂本龍馬は、

「話し合いによる（つまり平和的）倒幕」

を考えていた。かれの「船中八策《せんちゅうはっさく》」に基づいて、将軍徳川慶喜は一ヵ月前の十月

十四日に
「大政奉還」
を行なった。これは、
・征夷大将軍徳川慶喜は、政治の大権を朝廷に奉還する
・これによって、日本の政体は白紙に戻し、新政体を編成する
・しかし、源頼朝に政権を委譲以来、京都朝廷はほとんど政務を執ってこなかった。つまり政治に不慣れである
・そこで、改めて旧将軍であった徳川慶喜に暫定的な政権運営を依頼し、その指導のもとに新しい政体を作り出す
というような構想であった。

しかし、慶喜のこの目論見《もくろみ》に真っ向から反対したのが、薩摩藩の西郷隆盛・大久保利通や、長州藩の木戸孝允（桂小五郎）・品川弥二郎などである。かれらは孝明天皇の怒りに触れて、洛外岩倉村に謹慎していた下級公家岩倉具視のもとに出入りしていた。すでにここでは、

「討幕の計略」

が立てられ、すでに、

「王政復古の大号令の草案」

が用意されていた。玉松操という怪人学者がいてその文案を書いた。さらに玉松は、京都西陣から織物商を呼んで、錦の御旗も用意させていた。長州藩の品川弥二郎も、

「江戸城へ進軍する天皇軍が歌う軍歌」

として、都風流トンヤレ節を作詞作曲していた。武力討幕の準備が着々と整っていたのである。この、

「武力討幕論」

を最初に唱えたのが中岡慎太郎だ。中岡慎太郎は、

「坂本の話し合いによる政権委譲など生温い。日本人は、互いに殺し合って血を見なければ本当の性根は座らない」

と主張していた。つまり、

「戦争の効用」

を強く叫んでいたのである。西郷たちはこの論に賛成した。当時、中岡慎太郎は土佐陸援隊の隊長であり、坂本龍馬は海援隊の隊長だ。陸援隊と海援隊とではその性格が違った。海援隊の方は坂本の主張によって、

「万国公法に基づく国際交流」

を重んずる。国際的紛争もすべて、

「同じテーブルについて、ルールに従いながら話し合いによって解決する」

という方法を重んずる。ところが中岡慎太郎は、海に関係なく内陸部でことを解決しようとするからどうしても、

「血を見なければおさまらない」

という過激な考えに立つ。慶応三年十一月中旬当時の倒幕派は、ほとんどがこの中岡慎太郎の唱える、

「流血革命」

に傾いていた。

「武力で徳川幕府を討ち滅ぼさなければ、徳川慶喜の奴は何を考えるかわからない。今度の大政奉還も信用できない。奴には何か隠した策がある」

と見ていた。これに対して坂本龍馬は、

「いや、あくまでも平和裡《へいわり》に政権の委譲を行なうべきだ。日本人同士が殺し合うべきではない」

と温和な政権委譲策を捨てなかった。

ということは、武力討幕派にとっては、当時の坂本龍馬は、

「邪魔な存在」

になっていた。そして、

「へたをすれば徳川幕府側について、われわれの行動を妨げかねない」

と見られていた。

以下は筆者の仮説だ。十一月十五日の夜、坂本龍馬と中岡慎太郎は会談した。この時の会談内容を多くの人が疑問を持たない。が筆者は疑問を持っている。それは、

「果して、今まで言われて来たように坂本と中岡が心を一にして話し合っていたのだろうか」

ということだ。筆者は違うと思う。今まで書いたように中岡慎太郎は、

「血による革命論者」

だ。これに対し坂本龍馬は、

「話し合いによる無血変革論者」

である。合うはずがない。したがってこの夜の会談は、

「政局が切羽詰まったこの段階で、どっちの方策をとるべきか」

という二人にとってもぎりぎりの話し合いだったに違いない。両方とも血の気が多

い。刀を脇に置くといつ互いに殺し合うかわからない危険性があった。これも想像だが、二人は相談して、

「刀を遠ざけよう」

といって、床の間の刀掛けに大刀を置いたのではなかろうか。これが刺客に対する、第一次防戦を不可能にした所以《ゆえん》だ。おそらく二人の話し合いは次第にそのトーンを高め、終《しま》いには大激論になった。が、両者とも譲らない。しかし、この時の分は中岡慎太郎にある。中岡慎太郎はその率いる陸援隊士もすべて、

「武力討幕論者」

だ。副隊長の谷守部がその先頭を走っている。これは土佐だけではない。薩摩の西郷など、

「いつまでもぐずぐずしているようなら、おいどんが江戸に仕掛けをする」

とまで言い放っていた。

江戸の町を掻《か》き回して、戦争の導火線にしようというのだ。武力討幕の熱は異常に高まり、もはやこれに逆らうことを許さぬような雰囲気が出来上がっていた。その中で坂本龍馬一人だけが、

「いや、それは間違いだ。日本人同士殺し合ってはならない」

と、話し合いによる政権委譲を主張し続けていた。しかし坂本の主張をそのまま飲めば、すでに徳川慶喜がちらりと垣間見せる、

「徳川幕府の構造改革を主体とする新政体案」

が実現してしまう。そして、新政体のトップに居座るのは依然として徳川慶喜なのだ。これは、

「朝廷の公家たちには政治能力がない」

という断定蔑視《べっし》に基づいている。岩倉具視の下に集まった討幕派の志士たちにはこれが我慢ができない。

「大坂城にいる幕府軍に比べて、討幕軍がいかに劣勢でも立ち上がるべきだ」

と悲壮な決意を固めていた。このころ大坂城に集結した幕府軍は約一万五千、薩長軍は五千しかいない。だから断言すれば、討幕派の連中にとって坂本龍馬は邪魔者ではあっても、決して協力者ではなかった。中岡慎太郎こそ、かれらの、

「期待される志士像」

だったのである。したがって、

「坂本はともかく、中岡さんだけは大切にしなければならない」

という気風は討幕派の間に染み渡っていた。

その中岡慎太郎が慶応三年十一月十五日の夜、近江屋の二階で坂本龍馬と共に殺された。急を聞いて駆け付けて来たのが、白川にいた土佐陸援隊士たちだ。先頭に立っていたのが谷守部である。

この時の光景を想像をしてみる。おそらく駆け付けた谷守部たち陸援隊士たちが最初に介抱したのは、傷付いた中岡慎太郎だったろう。中岡慎太郎はまだ息があった。坂本龍馬はすでに絶命していた。

想像というのは次のような光景だ。坂本龍馬ファンには叱《しか》られるかもしれないが、おそらく駆け付けた陸援隊士たちは谷守部をはじめとして、とりついたのは中岡慎太郎であって龍馬ではない。龍馬はそのまま放置されていた。谷たちにしても、坂本龍馬の存在は、

「中岡さんに心酔するわれわれの行動の邪魔をしこそすれ、決して協力者ではない。妨害者だ」

と思っていた。これは薩摩藩や長州藩の武力討幕派の連中が持つ感情と同じものだ。

伝えられるところによれば、坂本龍馬の名が社会に出て来たのは、明治三十年過ぎだったという。どういう仕掛けだったか知らないが、明治天皇の后《きさき》(昭憲皇太后《しょうけんこうたいごう》)

が、ある夜夢を見た。白髪の老人が部屋の隅に座って恭《うやうや》しくお辞儀をしていた。

「だれか？」

ときくと、

「坂本龍馬と申す臣でございます」

と名乗り、スーっと消えたという。

この話が漏れた。当時の宮内《くない》大臣は土方久元《ひじかたひさもと》だった。土方は土佐の郷士で中岡慎太郎と行動を共にし、八・一八の政変の時にも真木和泉《まきいずみ》たち過激派志士と共に長州に落ちた。やがて、中岡慎太郎と共に薩長連合のアヒルの水搔きを行なう。したがって、土方も中岡の「戦争の効用」を信ずる武力討幕派だった。しかし明治も三十年ぐらいになると世の中が落ち着いて来る。国会もできた。そうなるとやはり、土方にすれば、

「いつまでも、中岡さん一辺倒ではまずいのではなかろうか」

と感じ、

「この辺で坂本さんの名も出した方がいい」

ということになったのではないかと思う。そして坂本龍馬の名をこの段階で出そうという企ては、決して久元一人の考えではなかろう。多くの同調者がいたに違いな

い。

　坂本龍馬と中岡慎太郎が殺された後、谷守部はその犯人追及に狂奔した。現場近くにいた者の証言によれば、刺客は二人を斬る時に、

「コナクソ」

と叫んだという。コナクソというのは伊予（愛媛県）松山地方の方言だ。また、現場に蠟鞘《ろうざや》が一本落ちていた。調べるとこれは新撰組の幹部原田左之助のものだという。そこで谷守部は、

「二人（谷の感覚では中岡慎太郎ひとりだけ）を殺したのは新撰組の原田左之助だ」

と直線的に思い込んだ。そしてそれが拡大され、

「中岡先生を殺したのは新撰組だ」

と思い込むようになった。となれば、その新撰組の長は近藤勇である。谷の、

「新撰組憎し、近藤勇憎し」

の憎悪の念はたちまち燃え上がった。

しかし考えてみればおかしな話だ。コナクソという方言はともかく、暗殺者本人が現場に刀の鞘を置き忘れるだろうか。そんなことは有り得ない。刺客というのは慎重にも慎重に行動する。それが鞘を忘れて来るなどということは考えられない。した

がってこの鞘の一件は明らかにやらせである。そうなると、

「では一体、だれが二人を殺したのか」

ということになる。現在では京都見廻組《みまわりぐみ》（隊長佐々木只三郎《ささきたださぶろう》）に属していた今井信郎《いまいのぶお》だということになっている。それは明治年間になって、今井が、

「わたしが殺しました」

と名乗り出たというのである。その後今井は敬虔《けいけん》なクリスチャンになって二人の霊を弔ったという。が、必らずしもこの説が龍馬ファンに信じられているわけではない。

前に書いたように、当時の京都の異常な空気からすれば、圧倒的に、

「武力討幕派」

の天下だった。これに逆らうのは、激流の中の一本の杭のようなものである。したがって、だれもが好んでそんな杭にはなりたくない。流れる側に与《くみ》する。加速度を加える川の流れは、どうしてもこれを食い止めようとする杭が邪魔だ。

「杭を除け」

ということになる。武力討幕派にとって坂本は杭だ。それも太い杭だ。坂本が殺されたという報を聞いた時、岩倉具視は、

「実に惜しい男を死なせた。国家の大損失だ」

といったというが、これも眉唾物《まゆつばもの》だ。乱暴な言い方をすれば、

「坂本龍馬を殺したのは当時の武力討幕派の総意だった」

と言えるのではなかろうか。そうなると、

「では、なぜ中岡慎太郎まで殺したのか？　当時の武力討幕派は、すべて中岡慎太郎の〝戦争の効用〟を信ずる者たちではなかったのか」

という疑問が湧く。これは何ともいえない。場合によっては、

「主目的は坂本だが同席した中岡は巻き添えになった」

という見方もあるだろうし、あるいははじめから承知の上で、

「坂本をこの世から抹殺するためには、中岡の犠牲もやむを得ない」

という非情な政治的判断をする者がいなかったとはいえない。しかしいずれにせよ谷守部や板垣退助たちが狙っているのは、はじめから、

「中岡慎太郎先生を暗殺した犯人」

である。そして谷守部は腹の底から、

「犯人は新撰組だ」

と思い込んでいる。だから板橋の本営で、近藤の顔を知っている彦根藩の渡辺九郎

左衛門や旧新撰組隊士だった加納道之助から、

「あれは近藤勇です」

と告げられた時は、まさに躍り上がるような気持ちになった。そうなると谷守部の訊問は香川敬三のいう付加的な二点に絞られる。つまり、

一、大久保大和というのは偽りで、実は近藤勇であるということを本人の口から自白させること

二、中岡慎太郎並びに坂本龍馬を暗殺したのは新撰組であること

である。これに香川敬三の政治判断が加わって、

三、甲州への出陣あるいは下総流山あたりへの出陣は、すべて勝海舟の密命によるものであること

ということを白状させることだ。

慶応四年四月八日からはじまった近藤勇への訊問はこの三点に絞られた。しかし、その攻め手は主として土佐藩の谷守部であって、他藩の訊問官は大して関心を持たない。そして、谷守部の訊問の流れを必死になって食い止めようとしたのが、薩摩藩の代表平田九十郎であった。二日経ち三日経つうちに、その辺の経緯と水面下における凄まじい争いの様相は、次第に近藤勇にも分かってきた。近藤は、

（ははあ、そういうことか）

と、日を経るにしたがって、谷守部がなぜここまで自分を憎むのかを理解した。つまり谷守部の狙いは二つある。一つは、

「坂本龍馬と中岡慎太郎を殺したのは新撰組である」

という自供を得て、それに対して改めて何らかの報復をしようとしていること。しかし、これはいってみれば私の世界における怨念だ。

が、もう一つの、

「関東地方における旧新撰組の行動はすべて勝海舟の密命によった」

という自供が得られれば、これは大問題になる。大総督府参謀西郷隆盛と旧幕府代表の勝海舟の腹芸によって成立した、

「江戸城無血開城」

も木《こ》っ端微塵《ぱみじん》に吹っ飛ぶし、それを演じた薩摩藩の企ても水泡に帰する。すべて出発点に戻る。そうなれば、当初の、

「徳川慶喜死罪・江戸焼尽」

の案が再び蘇るだろう。そして、

「そうさせた功労者は土佐藩である」

ということになる。おそらく香川敬三の目論見はそういうことだったに違いない。香川敬三は総督府軍内でも、

「岩倉具視卿に擦り寄ったおべっか使い」

といわれている。何といっても新政府の中では岩倉具視の力は大きい。まして東山道軍の総督や副総督は、岩倉具視の息子ばかりだ。つまり、東山道軍は香川敬三を大軍監とする、

「岩倉一家」

によって構成されているのだ。この下に土佐の板垣退助や谷守部が従っている。土佐藩側にしても、現在の政界における大実力者岩倉具視の憶《おぼ》えをめでたくすることは、決して損ではない。

それでなくても鳥羽伏見の戦い以来出遅れている土佐藩が、名誉を回復し、一挙に新政府の主要ポストを占めるためには、あらゆる手段を講ずる必要があった。近藤勇が自白するかしないかは、そういう諸藩の思惑が成功するか、しないかのカギを握っていた。これが特に薩摩藩と土佐藩の凄まじい争いの焦点になっていた。

武士になりたい

近藤勇はそういう様相を眺めながら、腹の中では、

(また派閥争いか)

と思う。そう思うと自分が責められているこの訊問劇も、

(すべて猿芝居だ)

と思えて来る。京都を出発し東征の旅を辿《たど》った新政府軍は、

「旧幕府によって塗炭の苦しみを嘗《な》め続けた万民を救うためにこの軍旅を起す」

と宣言した。こういう宣言をした軍勢は日本でははじめてのことだという。今まで
諸種の軍旅が起されたが、

「万民のために」

などといった軍隊は一つもない。すべて、

「権力者のため」

であった。しかし近藤にすれば、

（本当にそうなのか）

と疑わざるを得ない。それは京都にいた時も多くの藩が口にすることは必らず、

「塗炭の苦しみを嘗める万民を救うため」

と告げた。かつてその万民の一人であった近藤にすれば、

「違う、違う」

という叫び声を上げざるを得ない政治情勢が展開していた。近藤は、

「諸藩が狙っているのは、自藩の権力増強だけだ。万民など頭の片隅にもない。嘘をつくな」

と怒りの声を上げ続けた。しかし近藤は、

「目前の責務に全力を投入する」

ということで新撰組の使命である、

「京都の治安維持」

に全力投球したのである。近藤は、

「目前の仕事に全生命を遺憾なく燃焼させていれば必らずいい結果が得られる」

と信じていた。が、やがてその信じていることが、

「結局は夢にすぎない。おれは京都で夢を見つづけていたのだ」

という絶望感に襲われた。

江戸を経って中山道を行く幕府公募の特別警固浪士隊に参加した時、近藤は、

「世の中は再び戦国時代になった」

と思った。応仁の大乱後、日本国内は戦国状況に突入した。際立った傾向として、

「下剋上《げこくじょう》」

という風潮が現れた。下剋上というのは文字通り、

「下が上を越える、下が上に克《か》つ」

ということである。何によって克つかといえば、

「人間の能力と実績」

だ。これこそ近藤勇の望む社会であった。能力と実績がものをいえば、大きく日本の社会を支配している身分制は吹っ飛ぶ。身分制だけでなく世の中全般に行き渡った、

「差別」

も消えてなくなる。差別は身分制だけから生じたわけではない。

「人間の意識」

も大きく作用した。たとえば近藤自身も江戸にいた時は文字通り、

「コンプレックス（劣等感）の塊」

であった。自らそうしたわけではない。他からそうされたのだ。養父の

近藤は江戸にいた時、試衛館《しえいかん》という町道場を経営していた。養父の近藤周助《こんどうしゅうすけ》から近藤周助《こんどうしゅうすけ》から引き継いだものである。しかし江戸では一向にさえない道場で、三流道場か五流道場のランク付けだった。近藤が周助の門人になったのも、もともとは多摩地域の農家の出身だった近藤が、

「武士になりたい」

と素朴な志を持ったことによる。身分制下にあっても、

「文武両道」

のいずれかに秀でれば、狭いながらも立身の道は開かれていた。金があれば、勝海舟の家のように、幕府の直参や御家人の株を買うことができる。あるいは、持参金を沢山持って家付き娘の婿《むこ》になることもできた。しかし、近藤はそういう道は選ばなかった。

「自分の力で武士になる」

と志していた。しかしかれは、

「文は苦手だ」

と思っている。

事実、新撰組の局長になった当初は、かれはあまり学問もなく字も書けなかったらしい。だから壬生の屯所で、暇さえあれば習字に励んだという。後には、それなりの字が書けるようになった。その点、土方歳三や沖田総司はかなり前から、書に達者だったようだ。残された手紙を見ても、その筆跡で、

（この字は、かなり小さい時から練習しているな）

とうかがえるものである。

その点、近藤はかなり遅くなってから必死になって習字の稽古《けいこ》をした努力家であった。

農家の息子だった近藤勇を見込んで自分の養子にした近藤周助の流儀は、天然理心流である。型を重んずる流派の多かった当時にすれば、かなり実戦を念頭に置いた素朴な剣法だったようだ。これが近藤勇の気質にピッタリ合った。しかし近藤は江戸に出て試衛館を経営しているうちに、その素朴な剣法があまり江戸では持《も》て囃《はや》されないことを知った。

当時江戸に来て剣術の修行をする若者たちが入門を希望していたのが、

「江戸の三大道場」

と呼ばれる剣術道場である。九段にあった斎藤弥九郎《さいとうやくろう》の練兵館、神田お玉ヶ池にあった千葉周作《ちばしゅうさく》の玄武館、あさり河岸にあった桃井春蔵《もものいしゅんぞう》の士学館がそれだ。斎藤の剣法は神道無念流であり、千葉のそれは北辰《ほくしん》一刀流であり、桃井の流派は鏡新明智流だった。しかしそれぞれ道場には特色があった。

「位（品格）は桃井・技は千葉・力は斎藤」

といわれた。これらの三大道場には、今の言葉を使えば、

「スター的門人」

が沢山いた。斎藤道場には、桂小五郎・高杉晋作・品川弥二郎・山尾庸三《やまおようぞう》などの長州藩士、そして大村藩士の渡辺昇《わたなべのぼる》などがひしめいていた。千葉周作の道場には、出羽庄内の志士清河八郎《きよかわはちろう》・薩摩藩士有村次左衛門《ありむらじざえもん》、そして千葉周作の弟定吉の道場には土佐の商人郷士坂本龍馬がいた。桃井道場は、幕臣が主だった。桃井も幕府にかなり接近していた。しかし異色な門人として、土佐の郷士武市半平太《たけちはんぺいた》や岡田以蔵《おかだいぞう》がいた。

斎藤道場の塾頭は桂小五郎や渡辺昇であり、千葉道場では坂本龍馬が群を抜いていた。桃井道場では武市半平太が塾頭を務めていた。岡田以蔵は桃井の門人ではあったが、武市半平太を師と仰ぎその弟子となっていた。これらの三大道場に集まる諸国からの入門者には特性があった。それは、

「剣術よりも、国事を論ずる」

ということだ。暇さえあれば、口から泡を飛ばしてカンカンガクガク・ケンケンゴウゴウ国事を論じていた。その多くが、

「攘夷論」

である。こういう若い武士を剣術修行に出すのは、背後にいる藩にも思惑があった。

・一つはもちろん剣技を磨いて、頼もしい武士になること
・二つめは、政都である江戸で、情報を収集すること。特に他藩の動向を掴むこと
・それによって、自藩の今後の生き方を模索すること

などである。だから、こういう若い藩士を各道場に送り込んだ母体の藩は、費用を惜しまない。

「思い切り使え」

と、湯水のように金を使うことを止めない。やがてこのやり方は京都に移る。政局が京都に移ってしまうからだ。そして、江戸の剣術道場で情報を収集したり、議論したり、あるいは自藩の動向を検討したりすることの大半は花街に移った。京都花街はいわば、

「情報収集の広場」

であり、

「お互いにガセネタを流す情報ルート」

でもあった。だから京都では、こういう接待費や会議費を惜しみ無く使う藩が喜ばれた。長州の評判が一際《ひときわ》高かったのは、長州藩がそれまでに成し遂げた藩政改革の成功によって、財力がふんだんにあったので、こういう費用を惜しみ無く支出していたからだ。

「長州はん、長州はん」

と長州藩がもてた一因には、金の使い方にもあった。近藤勇はそういう状況を、苦笑して眺めていた。

いずれにしても、近藤勇が試衛館を開いていた頃の江戸は、三大道場が幅を利かせており、今の言葉を使えば、

「零細道場の新規参入」

を認めなかった。認めなかったというよりも、需要（ニーズ）を持つ入門者たちが、三大道場を志望し、近藤の試衛館などには見向きもしなかったからである。試衛館で内弟子同様でごろごろしている連中は嘆いた。

「こういう状況では、全く手も足もでない。先生、どうします？」

と、こもごもきく。しかし近藤は動じない。

「おれたちはおれたちの道を行くだけだ。きょろきょろとよそ見をするな。よそ様はよそ様だよ」

そう割り切っていた。心からそう思っているわけではないが、近藤自身そう思わなければ、自分の気持ちがおさまらない。

やがて、アメリカの恫喝《どうかつ》外交に屈した日本は開国した。さらに、通商条約が結ばれると、貿易がはじまった。外国の商人で、イギリスとフランスが特に熱心に日本の品物を買い漁《か　あさ》った。

イギリス商人は茶、フランス商人は生糸である。近藤勇・土方歳三・沖田総司・井上源三郎などの生まれた多摩地域に、八王子というところがあり、ここが生糸生産の大根拠地だった。そのため、突然好景気がやって来た。

現在の国道十六号線は今〝シルク・ロード（絹の道）〟と呼ばれている。これは、この近辺から横浜に通ずる幹線道路がそのまま、多摩地域から横浜の外国人商人に絹を運ぶルートになっていたからだ。

なぜフランスが生糸を狙ったかといえば、絹の大需要国であることは間違いないが、この頃フランスでは蚕病が流行って、蚕が絶滅していた。そのために絹の生産がほとんどゼロ状況にあった。フランスははじめ中国の生糸を輸入していたが、やがて開国後の日本を見て、日本にも絹があることを知った。そして中国の絹に比べると、日本の絹の方が色が白い。中国のは多少黄色い。そこでフランス商人は一斉に日本の生糸の買い占めを狙った。イギリスは茶不足に悩んでいたので、日本の茶を買い上げた。

この茶と生糸からはじまった英仏の争いは、やがて、

「佐幕か倒幕か」

という政治路線に分かれて行く。イギリスは倒幕側の薩摩藩や長州藩を応援する。フランスは最後まで幕府を応援する。その裏には、

「輸入品の独占的買い付け」

の狙いがあった。特にフランスはそれが強かった。そうなると、物の力というのは実に恐ろしい。茶と生糸から発した英仏の争いは、やがて日本の、

「倒幕か佐幕か」

という国内闘争に代理戦争的な位置づけを自ら買って出る。日本は鎖国以来、国内物資の生産量は、

「国内人口規模」

に合わせていた。それほどの過剰生産はない。したがって、国内需要を満たせばよいという生産量の中から、突然、茶と生糸が大量に国外へ流出して行く。当然値が上がる。茶と生糸の値は高騰した。

ところが悪徳商人が跋扈《ばっこ》していて、値段を上げたのは茶と生糸だけではなかった。米をはじめ他の物価も引き上げた。どさくさ紛れの値上げである。これが、国民に生活苦をもたらした。国民は納得がいかない。

「なぜ突然こんな有様になったのだ?」

と疑問を持った。この時、

「それはこういう理由だ」

と、一度にバネ仕掛け人形のように躍り回ったのが、尊攘派の志士である。かれらは口を揃《そろ》えて、

「開国のせいだ」

といった。

「幕府が国を開き、外国と貿易などはじめたからこういう結果になったのだ。日本は、あくまでも攘夷を行なうべきだ。日本にいる外国人は追い払い、さらにやって来

る外国船は打ち払うべきだ」

と主張しはじめた。これが結構生活苦に喘《あえ》ぐ国民たちに説得性を持った。

「開国は悪だ」

というイメージが次々と確立されて行った。この、

「開国は悪だ。あくまでも攘夷を行なうべきだ」

という論は、朝廷の共感を得た。時の帝孝明天皇をはじめ、穏健な公家たちはすべてこの論に賛成した。そのため、攘夷派の志士たちは一斉に京都に雪崩《なだれ》れ込んだ。これが、

「政局が江戸から京都へ移った」

大きな原因だ。攘夷派志士たちは、やがて、

「日本国政の主権は幕府ではなく、天皇にある」

と主張しはじめる。この論がやがては大きな世論となって、幕府は外国と条約を結ぶ時も、天皇の許可すなわち勅許を得なければならないはめに追い込まれる。この頃から、幕府は次第に守り一方で、劣勢になって行った。それほど京都に結集した攘夷派の力は強かったのである。

多摩地域は、生糸の生産販売でかなりの利益を得た。豊かになった。が、災害も起

こった。それは、その富を狙う強盗が横行しはじめたからである。住民は弱った。多摩には江戸開府以来八王子千人同心などの治安力があったが、当時は将軍上洛の供をして京都に行ったり、あるいはエゾ（北海道）の屯田兵《とんでんへい》として彼地に渡ったりして、その数も減っていた。治安力はあまり役に立たなかった。住民たちは結局、

「自分たちで、自分の生命と財産を守らなければならない」

と自衛力の必要を感じた。

「剣術を習おう」

ということになった。地域には、佐藤彦五郎《さとうひこごろう》などのすぐれた村役人がいて、この住民の気持ちをその通りだと受け止めた。こういった、

「剣術を習うといっても、われわれが江戸の剣術道場へ通うわけにはいかない。江戸にいる近藤さんや土方さんに、こっちへ来て貰ったらどうだろう。わたしの家の庭に道場をつくるよ」

そう告げた。

「そうお願いできれば、こんな嬉しいことはありません」

ということになって、佐藤彦五郎は、自邸の敷地内に道場をつくった。そして、多摩出身の剣術家近藤勇や土方歳三、そして沖田総司や井上源三郎などにこの話をし

た。みんな乗った。江戸では、試衛館など三流か五流の道場であって、ほとんどだれも入門しない。しかも、大きな道場の門人たちは、試衛館の前を通るときは嘲笑《あざわら》いの声を上げて行く。その度に近藤勇ほか門人たちは悔しがった。そんな鬱屈《うっくつ》した思いをしていた時だったから、

「出身地域の住民の役に立つ」

ということなら、喜んで伺うと近藤は返事した。しかし、

「多少の礼を頂戴《ちょうだい》できましょうな」

と切実なことを苦笑紛れに言った。佐藤は頷いた。

「もちろんですよ。住民たちはみんな金を出し合って、先生方に剣術の指南を請うといっています。足りなければわたしがお出ししますから、その点はご心配なく」

と明快な答えをくれた。近藤たちはこうして、多摩地域への出稽古をはじめた。住民たちは必死になって剣術を習った。

しかし、歓迎されたのは近藤勇、土方歳三、山南敬助たちの稽古である。一番嫌われたのが沖田総司だ。かれは若い。それに、三本突きが得意だ。これをやられると、喉《のど》が腫《は》れあがって、飯も食えない。みんな、

「沖田さんだけは真っ平だ」

と敬遠しはじめた。

「なぜでしょうね」

わけがわからずに沖田はぶつくさ文句をいった。しかしこの多摩地域への出稽古もまた、大きな道場にいる門人たちの蔑笑《べっしょう》を買った。

「三流道場のやつらは、時世を全くわきまえていない」

と嘲笑った。時世を全くわきまえていないというのは、自分たちのように政治論議を全く行なわずに、相変わらず古めかしい竹刀を振り回しながら、エイヤーと剣技の熟達ばかり熱中しているからだ。諸国からやって来た若い武士たちは、いずれも肩を怒らせ高い歯の下駄を履いて江戸の町を颯爽《さっそう》と歩く。

「今の日本はおれたちが背負っているのだ」

という気概を見せる。それはいい。しかしだからといって、近藤たちを馬鹿にするのは別問題だ。近藤たちは萎《しお》れた。それに、やはり多摩地域の住民たちがいくら熱心だとはいっても生業がある。剣術の稽古は結局は片手間になる。身が入らない。そうなると、原田左之助のような気の短い男は、

「こら、貴様たちは一体やる気があるのか、ないのか！」

と怒り怒鳴りまくる。怒りの分だけ稽古に現れる。荒っぽくなる。住民たちは震え

上がる。そうなると剣術の稽古が嫌になる。脱落者がどんどん増えた。

一滴の水にも根性がある

「全くしょうがねえな」

出稽古から試衛館に戻って来た土方歳三がぼやいた。いつもならすぐ応ずる近藤勇が腕を組んだままじっと考え込んでいる。土方の言葉が耳に入らないようだ。

「近藤先生」

土方は呼び掛けた。が、すぐ反応はない。土方も余計な口は利かない方だから、無駄な言葉は吐かない。腹の中で、

(何度もおれに同じことをいわせるな)

と思いながら、じっと近藤を凝視した。やがて近藤は気付いた。

「うむ?」

と土方を見返した。

「どうかしましたか」

そうきく土方に近藤はこんなことを言った。

「道場近くに住む松平上総介《まつだいらかずさのすけ》さんから話があった。今度、大樹《たいじゅ》（将軍のこと）が攘夷奉答のために京都へ行くそうだ」

「何ですって」

土方は目を見張った。

「本当ですか」

「ああ。松平さんは無役の旗本だが、講武所の剣術指南もしているし、情報は確かだろう。将軍上洛のために大名や旗本が供をして東海道を行く。が、こういう時期だ。何か起こるといけないので、中山道の方にも特別警固隊を派遣するそうだ。その特別警固隊には、江戸にいる浪士を募集するという」

「ほう」

土方の目が輝き出した。その頃には、山南敬助や斎藤一、藤堂平助、原田左之助、それに沖田総司なども戻って来て、みんなどかどかと近藤の部屋に押し掛けて来た。めずらしく近藤と土方が真剣な話をしているというので、何だろうと思って覗《のぞ》きに来たのだ。が、近藤の部屋の前に立った時に、二人が発している異常な気に圧倒されて思わず立ちすくんだ。そのまま立ち聞きした。近藤はちらとそんな門人たちの姿を見ながら話を続けた。

「いまおれが考えているのは、その浪士隊に応募したらどうかなということだ」

「ええ」

間の討論を省略して、土方はいきなり結論じみた頷き方をした。

「何のために、京都へ行くんですか」

とも、

「それでは試衛館を閉鎖するんですか」

ともきかない。土方は直観的に肯定の意味を持つ返事をしてしまったのだ。廊下にいた連中は顔を見合わせた。原田左之助が、

「一体何の話だ？」

と低い声できく。兄が八王子千人同心である井上源三郎が、

「おそらく、大樹が京都へ行くので、その護衛隊の話だろう」

「護衛隊？」

原田が頓狂《とんきょう》な声をあげた。

「おれたちが護衛隊になるのか？」

「ばかな」

井上は首を横に振った。そして、

「われわれ浪人が将軍直属の護衛隊になどなるわけがない。幕府は何でも別働隊を作るといっている。その話だろう」

「おまえさんはどこでそんな話を聞いたんだ?」

伊予松山(愛媛県)の足軽の息子に生まれた原田は、時々言葉が乱暴になる。井上は、

「兄から聞いた。兄は、八王子千人同心として将軍上洛警固のために、近く東海道を京へ向かう」

「へーえ」

原田は感嘆した。そして、

「世の中は忙しくなったものだな」

と妙な感想を述べた。近藤は廊下にいる連中に、

「入れ。相談がある」

といった。近藤はすでに腹を決めていた。幕府が募集する浪士隊に応募するつもりだ。かれは、多摩地域の住人たちへの出稽古にも少し飽きはじめていた。労大功少の営みではないかと思いはじめていた。そして近藤にはもっと根本的な考えがあった。

それは、

「この多摩近辺をうろつき回る強盗などは枝葉の問題だ。幹にまで辿り着かなければ、この問題は解決できない」

と、はじめて強盗と政治との関わりあいを考えはじめたのである。そうなると、何といっても今は政局は京都に移っている。

「政治の根本を正すためには、やはり京都へ行かなければ駄目だ」

といつの頃からか思うようになった。それはまだ近藤が若いから、いま日本中を吹きまくっている攘夷の風に影響を受けている。近藤も、

「おれは攘夷論者だ」

と公言している。これは剣術という日本古来の伝統武芸の指導者からすれば、当然のことだ。外国かぶれになるわけがない。したがって外国嫌いになる。

「異人など迂闊《うかつ》に日本へ上陸させたら、日本古来の美風が損なわれる」

と思っている。しかし近藤には別な考えもあった。それは、京都に続々と流れ込んでいる志士たちの動態である。

「志士とは一体何だろう」

とずっと考え続けていた。こんなことを思ったことがある。近藤の生家は調布だ。甲州街道の宿場町だ。繁華街からちょっと離れたところの畠の中にある。豪農だ。し

かし、ちょっと歩けば多摩川に出る。土方歳三は日野の出だ。沖田もそうだ。土方の生家のある石田村の脇を浅川が流れている。浅川は石田村の先で多摩川に合流する。沖田総司も、その多摩川の岸辺で育った。だから三人とも、多摩川とは子供のときから親しみが深い。あるとき、多摩地域に出稽古に行った三人が、稽古が終わった後多摩川の岸辺に腰を下ろして川の水を眺めたことがある。近藤がポツンといった。

「おれにはどうしても不思議で仕方がない」

「何がですか」

沖田がきいた。近藤はいった。

「この川も、源を訪ねればたった一滴の水だ。その一滴の水がなぜこんな大きな川になるのだろう。そして、いつまでも水源が絶えないのだろう」

「そうですねえ」

沖田は頷いた。

「いわれてみればその通りですね。なぜだろう」

そういう沖田に土方歳三がこう言葉を添えた。

「水には意思があるからだ。一滴の水にも根性があるからだよ」

「え」

驚いたように沖田は土方を見返した。土方はじっと川面に視線を注いでいた。

「一滴の水にも意思がある、根性がある」

沖田は土方がいった言葉を繰り返した。近藤の頭の中でパチンと何かが割れた。

（そうか）

土方はいいことをいうと思った。さすがに芯《しん》の強い男だ。言うことが違う。

「一滴の水にも根性がある、か」

近藤は口に出して土方の言葉を繰り返した。土方はにっこり笑って頷いた。そして、

「おれたちも同じでしょう」

そう告げた。最近、

「三大道場のやつらはどうも試衛館をばかにして困る。悔しくて仕方がない」

と、試衛館のあり様を近藤はしきりに嘆く。土方はその度に、

「よしなさい、そんなあほなことを考えるのは」

と諌《いさ》める。

「おれたちは、今のおれたちの立場に全力を尽くせばいいんですよ。命の出し惜しみをしなければ、だれにも文句は言われないでしょう」

そういった。これもまた土方の名言だ。

「命の出し惜しみをするな」

という言葉も、近藤の頭の一角にしっかりと打ち込まれている。あの時、多摩川の流れを見ていて土方が言った、

「一滴の水にも意思がある、根性がある」

という言葉と、

「どんなみじめな状況にいても、命の出し惜しみはしない」

という言葉とが宙《ちゅう》で衝突し、火花を散らした。近藤が、

「京都へ行こう」

と思ったのはこの土方の言葉を思い出したためである。

部屋に座った主立《おもだ》った門人たちに、近藤は自分の考えを話した。それは、京都に蝟《い》集《しゅう》している志士とかいう野郎たちも、辿ってみれば得体の知れない一匹の虫か一滴の水だ。あるいは一本の草だ。
・にもかかわらず、政局が江戸から京都へ移ってしまったのは、その連中の声が世の中を動かしているからだ。声が叫びになっている
・それは、志士と呼ばれる虫や水や草に、それぞれ意思があり根性があるからだ

・その意思や根性が集まって掛け算になっているために、すごい力を生んでいる
・しかし、その中には本物もあれば偽物もある。玉と石はきっちり分ける必要がある
・おれたちは根っからの剣術家で、難しいことはわからない。今は、武士としての基本が全くなくても、口だけ達者なら世の中を渡れる。そんな社会だ
・だから、やつらがいくら万民のためとか、塗炭の苦しみを嘗《な》めている人々を救うとかいっても、上《うわ》っ滑《すべ》りだ。やつらは口先だけでそういうことをいっている。根っこは決して地べたに付いてはいない。出世したり、金が欲しいだけだ
・おれたちは幸いにも、貧乏暮らしはしてきたが、武士の本然は失っていない。京都へ殴り込みを掛けて、本物の武士の姿を見せたい

近藤は低い声で切々と語った。決して口がうまい方ではない。しかし近藤のいうことはみんなによくわかった。近藤は、

「試衛館はそんなに格の低い道場なのかな」

とぼやきはするが、だからといってヒガミや妬《ねた》みが動機ではない。近藤のいっていることは筋が通っている。そして、その本音こそ今の武士がすっかり忘れ果てているものなのだ。

「塗炭の苦しみを嘗める万民を救うために、尊皇攘夷を行なう」

などとほざいている連中も、結局は上っ滑りで自分のことしか考えていない。もちろん本気でそう思っている志士もいるだろう。が、そういう志士たちは得てして声の大きさや、数の多さからいえば少数意見だ。

「誠というのは常に行ない難い。しかし行なわなければならぬ。天然理心流はそれを教える」

道場主としての近藤は木刀を握る度にいつも門人たちにそう教えた。これは近藤の信念だ。すなわち近藤にとって、

「誠の心」

ほど強いものはなかった。いってみれば近藤自身の信仰の対象にさえなっていた。後に京都の壬生村で、新撰組という隊名を朝廷から貰《もら》った時に、

「隊の目印を何にしようか」

という相談があがった時、近藤は言下に、

「誠の一字だ」

と言い切った。その凄まじい語調に、居合わせた者は思わずはっとしたくらいだ。

「つまり、先生は誠の一字を京都で貫こうということですね」

沖田がきいた。いつもにこにこ笑っているので、よく知らない人間は、

「この若僧はおれをばかにしているのか」

と思うことさえある。今の聞き方も知らない人間が聞けば、

「沖田は近藤先生をからかっている」

と受け止められかねない。しかし沖田は違った。真剣にきいていた。かれ自身、

(それは本当に男としてやり甲斐《がい》のある仕事だ)

と、近藤の提案に即座に感応してしまったからである。

「そうだ」

と近藤は頷いた。目が燃えている。みんなは即座に、京都行きに賛成した。近藤は念を押した。

「ということは、試衛館をたたむということだぞ」

「承知の上です。橋を焼かなければ崖からの反撃はできません」

山南敬助がそういった。

「いいことをいう、さすがに学者だ」

近藤が唸《うな》った。土方は横を向いてちっと舌を鳴らした。土方は山南があまり好きではない。理屈っぽいからだ。そんな空気を和らげるように、井上源三郎が突然こう

いった。

「近藤先生がいま言われたことは、八王子千人同心の精神をそのまま引き継ごうということですよ」

みんな目を剝《む》いた。井上の言葉の意味がすぐ分からなかったからである。しかし、多摩育ちの近藤勇・土方歳三・沖田総司にはよくわかった。井上源三郎の実兄は、八王子千人同心として、今度将軍上洛の供をし東海道を行く。だからその家に育って、今まで散々、

「八王子千人同心の精神（スピリット）」

は、家族であればみんなが頭の中に叩き込まれている。源三郎もそうだった。

「井上、なかなかいいことをいうな。その通りだ」

近藤は大きく頷いた。そして、にっこり笑うと、

「これで、おれたちが京都へ行く目的がはっきりした。そうだ、井上がいうように、おれたちは京都へ行って八王子千人同心の伝統をあの地に植えつけるのだ」

他国生まれの、藤堂平助や原田左之助たちにはちょっとピンと来ない。しかし、他の連中は大きく頷いた。こうして、試衛館は閉じ、近藤勇以下の門人たちは揃って中山道を行く特別浪士警固隊に応募した。

家康の夢

井上源三郎が提言し、近藤たち多摩に育った武芸者たちが共感した、

「八王子千人同心の精神」

というのは、もともとは徳川幕府の創始者家康が期待したものである。家康はいうまでもなく三河《みかわ》（愛知県東部）の出身だ。現在の愛知県は、律令制による旧尾張《おわり》国と三河国が一緒になってつくられた県だ。この二つの国を分ける境は、〝境川〟と文字通り国境を示す川である。昔の国の発生が違ったように、愛知県内においても尾張国人と三河国人とでは多少気質が違う。織田信長や豊臣秀吉に見られるように、尾張国人はどちらかといえば、

「都会的感覚の持ち主」

といえるし、三河国人は、

「農民的感覚の持ち主」

といえるような気がする。信長や秀吉は、その都市的感覚を発揮して、古いことに

拘《こだわ》らずに次々と新しい状況に挑戦して行く。だから、

「流動性」

を重んじ、あまり一か所に定着する事を好まない。織田信長・豊臣秀吉・徳川家康の三天下人は、それぞれ事業に継続性と連続性がある。信長は、

「旧価値社会の破壊者」

であり、豊臣秀吉は、

「新価値社会の建設者」

である。そして徳川家康は、両先輩がやった事業を、

「ローリング（修正）しながら長期維持管理する」

という役割を負った。長期維持管理に必要なのは、

「無限の根気と情熱」

である。耐久性が必要になる。その意味では、徳川家康が生まれ育った三河国は土との関わりが深い。いわば、

「農業国」

である。家康は土が好きだった。だからかれが創始した徳川幕府を運営するトップ層の構成とポストを、かれは、

「庄屋仕立て」

と呼んだ。庄屋というのはいうまでもなく、農村における村落共同体の役員をいう。庄屋たちは、共同する問題を必らず集まって鳩首《きゆうしゆ》して相談した。この形態が家康には酷《ひど》く気に入った。かれは、

「一人の人間がすべての能力を具備しているということはあり得ない。必らず欠陥がある。それを補い合うのが庄屋たちだ」

と見ていた。いってみれば庄屋たちの行なっている管理方式を、

「合議制・集団指導制」

と見ていた。だから家康は征夷大将軍になって運営する幕府の最高職たちを、

「年寄」

と呼んだ。これは複雑な家康の性格からすると二つの意味があると思う。一つは、村落共同体における、

「何でも相談して決めろ」

という、

「個人におけるトップマネジメントの自己完結性」

を戒《いまし》めたものだろう。そしてそのことは、〝年寄〟という呼称で、

「幕府のトップになったからといって、偉ぶるな」

と、そのポストに対する意識の持ち方に厳しい規制を加えたということだ。牽制《けんせい》し

たのである。この〝年寄〟が、孫の三代将軍家光の時代になって、

「老中」

と改称される。しかし家康の精神は幕府が滅亡するまで生きた。それはトップクラ

スを構成する役職者たちはすべて、

「複数制」

を採られたことである。主要ポストは決して単数では任命されなかった。これは、

家康流の管理方法で、

・互いに競争させる

・他から容易に批判の対象にできる

という意味を持っていただろう。いわゆる徳川家康の得意な、

「分断管理」

の表れである。

徳川家康が征夷大将軍になったのは慶長八（一六〇三）年のことで、この時から、

「江戸で正式に幕府が開かれた」

といわれる。しかし家康が実際に江戸に入ったのは、それより十三年前の天正十八年のことだ。この年の夏に、それまで豊臣秀吉に抵抗していた小田原の北条氏が降伏した。

「北条氏降伏」

の見通しがついた時に、秀吉はそれまで家康が持っていた領地を全部召し上げた。そして、

「代わりに北条氏の領地を差し上げる」

と告げた。家康の家臣たちは憤激したが、家康は笑ってなだめた。

「いや、関東も満更《まんざら》捨てたものではない。おれが尊敬する源頼朝殿も鎌倉に拠点を置いておられた。江戸を拠点にしよう」

といった。家康の深い慮《おもんぱか》りは必ずしも単純な家臣たちには理解できなかった。しかし、江戸城に入ると家康を当惑させる現象が起こった。それは多摩地域を中心とする内陸部で、

「反徳川家康の空気」

が異常に強かったことである。八王子城には北条氏照《ほうじょううじてる》がいて善政を敷いていた。北条氏五代百年の政治は、始祖の早雲《そううん》以来、

「愛民」をモットーにしていた。百年のうちにこれが関東の土地に染み込んだ。そのため、新来の徳川家康に対しては、あまりいい感情を持っていなかった。今でいえば、

「出て行け徳川、来るな家康」

という、アレルギーの拒否の姿勢を表明したのである。武力で鎮圧するのは簡単だ。しかし、当時は豊臣秀吉がまだ、

「東北進攻」

の事業を継続中だった。家康も同行しなければならない。そこで家康は、

「当面の応急措置」

をとった。それが江戸城前の海を埋め立てて、新しい領地を人工的に造り出したことである。現在の東京都の丸の内・霞ヶ関・日比谷・新橋・神田などの地域は、神田山を崩して得た土によってつくられた埋め立て地である。その意味では、家康は、江戸の内陸部、特に八王子を中心とする多摩地域の猛烈な、

「反徳川的空気」

に一応は屈服したといっていいだろう。しかし執念深い家康のことだから、このことはかなり長い間彼の胸の中に根雪のように残された。

やがて世の中が一段落すると、家康は自分を拒んだ八王子に特別な気持ちを持った。それを知って、

「八王子に、千人同心隊を設けたらいかがでしょうか？」

と勧めたのが、大《おお》久《く》保《ぼ》長安《ながやす》である。大久保長安は、かつては武田信玄に仕えていた能楽師だった。大蔵《おおくら》といった。が、かれの得意技は能楽ではなく、むしろ鉱山の開発や都市計画や道路の建設などであった。いってみれば、

「インフラストラクチャー（基盤整備）」

に、他人の追随を許さないような知識と技術を持っていた。いつそんなものを身につけたのかはよく分からない。伝えによれば、

「大久保長安は、鉱山を開発するにもしばしばメキシコで行なわれているような採掘方法を活用した」

といわれる。不思議な人物だ。怪人といっていい。だから長安が八王子千人同心隊の設立を建言したのは、かれなりに、

「この地域の反徳川感情を鎮《しず》めなければならない」

と思ったのがその動機だ。そしてかれの構想は、

・八王子千人同心には、武田家の遺臣と地域の農民や郷士を登用する。人数の配分

は二分一ずつとする
・千人同心は普段は農業に従事する。そして、徳川家に何か起こった際には武器を取って駆け付ける。つまり半農半士の生き方を保つというものであった。
いろいろな含みがある。一つは後者の、

「千人同心には半農半士の生活をさせる」

ということは、三河国出身の家康が土を愛し、心の隅ではいつも、

「農民生活への愛着」

を持っていることを長安が敏感に見抜いたことだ。

(天下人の家康公にその夢をずっと持って戴《いただ》こう)

という、ロマン的な発想が一つ。もう一つは、

「武田家の遺臣を厚遇することと、多摩地域の住民の現地採用ということによって、いま徳川家に敵対し、親北条氏感情を持っている住民の洗脳を行なう」

ということだ。手っ取り早いのは、いきなり旧北条氏系の人間を千人隊に登用することだ。否《いや》も応《おう》もない。そうすれば時間を掛けずにそれらの人間は徳川勢力圏に抱き込まれてしまうだろう。しかし長安がそうしなかったのは、

「この地域の反徳川感情は案外に根深い。そんな見え透いた手を打っても、かれらは

信用しないし、表面は徳川家に従ったようなふりをしても、結果的にはそれは生活を得る手段であって、心の底では最後まで徳川氏に対し悪感情を持ち続けるだろう」

と考えた。だから滅びてしまった武田氏の旧臣たちを登用すれば、

「そうか、徳川殿はそういう人物だったのか」

と、一拍おいてかれらが違った考え方をするだろうと思ったのだ。いわば、武田家の旧臣と現地人を登用して千人隊を作ることは、

「反徳川感情を持つ住民たちに対するデモンストレーション」

だったのである。こうして創立された千人隊は、大久保長安が隊長となった。そして長安が見抜いた家康の気持は、そのまま約三百年保たれた。だから近藤勇たちが生まれ育った頃も、千人隊はそういう暮らしを続けていた。だからこそ、その農業技術や、

「いざ鎌倉（正しくはいざ江戸かも知れない）」

と、徳川家や幕府に一朝《いっちょう》事が起こったときは、武器を取って立ち上がる習性をずっと心の底に秘めていた。農業技術も巧みだったので、一時期はエゾ（北海道）へ渡り、

「国防軍的役割」

を負ったこともある。二百人か三百人の千人同心があのエゾへ渡ったが、あまりにも厳しい自然の条件に負けて、多くの者が餓死した。結局この移住は失敗に終った。生き残った千人同心は箱館奉行所などに新しい職場を求めた。

中には生まれたばかりの赤ん坊と共に餓死してしまった若い母親がいる。伝説が生まれた。夜になると、この母親が乳飲み子を抱いて、

「この子にお乳をください」

と泣きながら近所の家を頼み歩く。近所の家というのはすべてアイヌの家だった。アイヌたちは親切にこの若い母親の頼みを聞いた。この若い母親はお梅といった。現在、北海道苫小牧市の市民会館の前にその銅像が建っている。背後に雄々しい開拓者としての千人同心の武士の立像が空を仰いでいる。苫小牧市では毎年、

「千人隊祭」

を行なっている。たとえ失敗したとはいえ、

「千人同心はエゾ開拓のパイオニアだった」

という感謝と顕彰の気持ちを持ち続けているからだ。

江戸時代における大都市の運営は、すべて、

「都市型」

となり農村性が消去されて行った。家康はそういうことを予見していたのかもしれない。だから大久保長安の提言をそのまま受け止めたのは、

「次第に都市化する大江戸の一部で、おれの好きな土の香りを残す武士団が純粋保存される」

と思ったに違いない。この意図は貫かれた。徳川幕府が消滅するまで八王子千人隊はまさに、

「徳川家康の夢」

を保ち続けたのである。そのことは、井上源三郎にいわれるまでもなく、千人隊の脇を小川のように流れ抜いていた近藤勇たちにもよく伝えられた。だからその千人隊同心の一人である兄から、懇々《こんこん》とその精神を伝えられていた井上源三郎の、

「京都に行って千人隊精神を植えつけましょう」

という提言が、近藤の胸の匣《はこ》にピタリと収まったのである。近藤も実をいえばわだかまっていた。

「幕府から旅費を貰って浪士隊に加わり、のこのこ京都へ行くのはあまりにも不様《ぶざま》であり、惨《みじ》めではないのか」

という拘りがあった。これは近藤だけではない。門人たちも同じ思いを抱いてい

る。いつもは、

「おれたちの試衛館は、なぜ三大道場のやつらから蔑《さげす》まれるのだろう」

という、いわば、

「武芸社会における差別感」

に反抗しながらも、しかしその事実を認めざるを得ないという哀しい思いを嚙《か》みしめてきた。しかし哀しい思いを嚙みしめるということは、逆にいえば、

「武芸者としての誇り」

を持っていたからである。それを、幕府が金をくれるからといってたちまち道場を閉じ、物乞《ものご》いになりかねないような浪人たちと一緒になって、京都へ行くというのはちょっと抵抗もあった。

「恥の上塗りと屈辱感の倍増が行なわれるのではないか」

と案じたのである。しかし井上源三郎の提言がその杞憂《きゆう》を払拭《ふっしょく》した。

試衛館を閉じた後もかれらには一つの目標ができた。それが、

「千人同心隊の精神を京都に植えつける」

ということであった。この理想に燃えた試衛館一門が浪士隊に加わったが、ここでもまた差別が行なわれた。それは、浪士隊とはいっても、いろいろな役職が設けら

れ、人事が発表された。が、それら役職者の中に道場主だった近藤勇の名はなかった。近藤は平隊士として扱われた。試衛館の門人たちはブーブー文句を言った。

「あんまりだ。近藤先生のことを知らなすぎる」

と息巻いた。しかし近藤は、

「やめろ。ここからおれたちは出発するのだ。いつか、目に物見せてやる」

そういった。最後の一言を口にしたときには、キラリと眼の底を光らせた。その光りを見て土方がすぐこういった。

「やがてじゃありませんよ。この道中でも目に物見せてやります」

「まあ慌てるなよ」

近藤はなだめた。

浪士隊に集まったのは二百数十人である。はじめ幕府の方では、

「せいぜい集まっても五十人だろう」

と踏んでいた。そして、

「一人に五十両の支度金を用意しよう」

と合計二千五百両の金を準備した。ところが五倍以上の人間が集まった。総取り締まりを命ぜられた松平という旗本は音をあげた。そして幕府に、

「もっと金を出して欲しい」

と交渉したが、幕府首脳部は、

「とんでもない。今の幕府にそんな金はない。大樹が上洛する費用だけでも大変な額にのぼる。予算の枠で処理しろ」

と突っ放した。松平は怒って辞任してしまった。結局二千五百両の総額を二百五十人近くの浪士たちで分けるということになった。だから浪士の中には、

「約束が違う。幕府は嘘つきだ」

といって席を蹴って立ち去る者もいた。しかし近藤たちからすれば、そんな浪士は、

「それでは、はじめから金目当てで応募したのか」

と、その動機の低俗さを嘲笑った。少くとも近藤たちにそんな気持はない。

「旅費が五分の一になったからといって、一旦応募したのを取り消すようなのは、武士にもある間敷《まじき》振る舞いだ。賤《いや》しい」

とそういう連中を軽蔑した。

道中のことはよく知られているので省略する。東海道の終着駅はいうまでもなく三条大橋だ。琵琶湖畔の草津から大津を抜けて、小さな峠を越え〝蹴上《けあ》げ〟と呼ばれる

地域から真っ直ぐ三条通りを進む。大橋が近付くにつれて、赤い灯青い灯が見えはじめた。浪士隊ははしゃいだ。

「あれが京の灯だ、おれたちは花の都にやって来た！」

とピョンピョンとびあがった。が、三条大橋は浪士隊にとっての終着駅ではなかった。そして、かれらが目を見張った赤い灯青い灯の輝く地域にかれらの宿舎は用意されていなかった。

「さらに西へ進む」

といわれた。以前、京都市役所が編纂《へんさん》した、

『京都の歴史』

という七巻に亘る分厚い歴史書がある。京都が桓武《かんむ》天皇によって開かれたときから、近代に亘るまでの京都史を分類した本だ。巻末にそれぞれ、

「その頃の京都市の有様」

として、想定される施設や状況などが、現在の京都市の地図にオーバーラップして印刷されている。実に便利な地図だ。「幕末維新の京都」の巻には、

「慶応四年当時の状況」

が地図化されている。それを見ると、かれらが辿って行ったのは三条大通りからや

がて四条通りに南下し、さらに西へ向かわされた。やがて辿り着いたのが壬生村である。ところがこの壬生村は地図によれば、

「京都市街の最西端」

であって、四条通りに沿って西高瀬川が流れている。灌漑《かんがい》用水として活用されていた。ということは、この地域一帯は完全な田であり畑であった。壬生には有名な〝壬生菜《みぶな》〟がある。東京で〝京菜〟とまちがう人もいる。

浪士隊は次第に心細くなって来た。赤い灯青い灯はとうの昔に後方に去っている。かれらが進んで行く先はすべて闇だ。その闇を引き裂くようにしてかれらは歩き続けた。だんだん気持ちが荒れて来る。

「おれたちを一体どこへ連れて行くのだ?」

という不安と同時に、

「おれたちを一体何だと思っているのだ?」

という怒りが突き上げて来た。浪士隊はひがみっぽい。もともと生活苦で応募した奴も多い。したがって、自分たちの扱われ方に冷たい滴《しずく》が一粒でも降りかかれば、すぐかっとなる。この時がそうだった。しかし近藤たちは正確に、

「自分たちの扱われ方」

を認識していた。つまり、

「京都側では決して浪士隊を歓迎してはいない」

ということである。だからこそ市中に宿舎を設けずに、キツネかタヌキでも出てきそうな寂しい村落地帯に追っ払ってしまったのだ。宿舎を設ける壬生村の人々こそいい面の皮だった。しかし、壬生村の人々はこの浪士隊に温かく接したようだ。

特に残留した近藤勇たちその後の新撰組隊士には、親しみを持っていたらしい。現在も新撰組の宿所を務めた八木邸や前川邸の跡がそっくり保存されている。しかも私費で保存に努力している。これには頭が下がる。前川邸はすでに田野さんという製袋業を営む経営者が保存しているが、先日伺った時も田野の御主人が、

「土方歳三が古高俊太郎《こたかしゅんたろう》を拷問した蔵を見ますか」

とおっしゃるので、すぐ連れて行って貰った。今でいえば三階建ての倉庫である。一番上の梁《はり》から古高は逆さに吊《つる》されて、羽目板を落とされ、ぶらぶら血が逆流するような扱いを受けた。伝えによれば、土方歳三は古高俊太郎の足の甲に五寸クギを打ち込んで、その上に蠟燭《ろうそく》を立て火を付けたという。この古高の自白が新撰組の名を一躍有名にした、

「池田屋事変」

の導火線になる。

壬生界隈《かいわい》の人々は八木さんや田野さんをはじめとして、今でも、「親新撰組感情」を持っている。八木さんの家は菓子司《つかさ》を営んでおられるが、御当主が気軽に母屋へ案内してくださり、

「これが芹沢鴨の使っていた机ですよ」

と古い机を見せてくださった。田野さんが管理する旧前川邸の倉庫の中に、近藤勇の養子周平が筆で書いた、

「新撰組隊長近藤勇」

というあまり上手くない筆跡が書かれた雨戸と共に保存されている。

浪士隊分裂

京都に入った浪士隊は、その夜のうちに幹部が壬生寺の向かい側にある新徳寺に呼ばれた。もともとこの特別浪士警固隊の案を立てたのは、出羽《でわ》（山形県）出身の郷士清河八郎だ。清河は、根っからの、

「尊皇攘夷論者」

だ。生家が裕福だったので運動資金には事欠かなかったようだ。だからちまちました計画は立てない。いってみれば、海における大波のうねりのような大きなことを考える。かれは幕府側の尊皇攘夷論者と密談し、

「幕府の金で浪士隊を編成し、京都へ送り込む。しかし、京都に入った途端、おれは朝廷に嘆願し、浪士隊をそのまま天皇の親兵にしていただく。そして勅命によって攘夷を実行する」

と秘策を告げていた。筆者の無責任な予測だが、この計画にはどうも山岡鉄太郎（鉄舟）も加わっていたのではなかろうか。山岡鉄舟は熱烈な、

なう役職に就く。

「尊皇攘夷論者」だ。だからこそかれは、明治維新後に明治天皇の補導役として相当厳しい躾《しつけ》を行

「幕府に身を置きながらも、山岡は尊皇攘夷論者だ」

というレッテルが貼《は》られていたことが、逆にそういうポストを得る上で大いに役立ったのではなかろうか。

清河は計画を実行した。その夜のうちに自分の志を述べ、翌朝、選ばれた同志が京都御所に行った。御所の学習院は当時、

「尊皇攘夷論者が志を開陳する場」

として、〝志士の広場〟になっていた。本来は公家の子弟の教育機関だったはずが、教育の方はとっくの昔に中止されていた。

「政治機関」

に変わっていた。江戸の三大剣術道場が、

「政治大学」

に変質していたのと同じだ。

詳しいことは省略するが、この突然の発表に近藤たちは反発した。そして、

「われわれは少くとも将軍警固の別働隊として幕府から金を貰いやって来た。将軍はまだ京都に入っていない。したがってわれわれはまだ将軍警固の役を果たしていない。幕府に対する違約になる。同調するわけにはいかない」

と筋論を述べた。清河は怒り、

「裏切り者だ。腹を切れ」

と迫ったが、近藤たちは頑《がん》としてこれをはね飛ばした。間に入ったのが山岡鉄太郎だ。山岡鉄太郎は何といっても幕臣だから、

「おれは清河さんに賛成だ」

とは立場上いえない。近藤のいうことは筋が通っている。だから山岡は近藤支持に回った。結局、近藤たち反対派を除いて、清河八郎は残りの浪士隊を、

「勅命による攘夷の実行隊」

に編成することに成功した。もちろん、時の帝である孝明天皇が直々にそんな命令を下したわけではない。間にいた過激派の公家が、

「清河の志は実に殊勝である。尽忠報国の実をあげて貰いたい」

と許可したのである。二条城にいた幕府首脳部は驚いた。しかし、今は幕府の勢いが衰え、総体的に朝廷の力が強くなっている。背後には長州藩をはじめ、尊皇攘夷派

の志士と称する連中がゴマンと京都に集まっている。これは、近藤・土方・沖田たち、多摩川の畔《ほとり》に育った連中からすれば、

「一滴の水が、自分の意思を持ち、それが集まって川という大きな流れを作り出している」

ということになる。今流にいえば、

「一滴の水や一本の草の根たちが集まって作る大河や大草原の生む〝世論〟」

だといえよう。そして近藤たち自身も、

「多摩地域から京都にやって来た一滴の水か一本の草の根」

であった。これが他にも働き掛けて、

「八王子千人同心の精神」

を根付かせようと企《くわだ》てていた。これが、

「近藤勇の夢」

である。

気をよくした清河八郎とこれに従う二百数十人の浪士たちは、再び江戸に向かって東海道を辿って行った。幕府首脳部も結局は清河たちの行動を追認した形になり、

「関東での攘夷実行の際に参加せよ」

と渋々認めざるを得なかったのである。いわば京都に蝟集《いしゅう》している志士たちのパワーに負けたのだ。

二条城にいた老中の板倉勝静（備中松山。現在の岡山県高梁市藩主）は激怒した。しかし、怒りを露にしすぐ報復手段に出ることもできない。板倉勝静は老獪《ろうかい》な政治家だ。そこで将軍警固のために京都に来ていた旗本で、特に講武所で剣術を教えている佐々木只三郎たちを呼んだ。密《ひそ》かに、

「清河を殺せ」

と命じた。この秘命によって、清河八郎は江戸に着いた直後、麻布《あざぶ》一橋で暗殺される。そのため、清河と一緒に江戸に戻った攘夷実行の浪士隊は途方にくれた。結局幕府に再雇用され、その後は、

「江戸警備隊」

になる。新撰組が京都守護職を務めていた会津藩の預りになったのと同じように、庄内藩（山形県鶴岡城主）酒井家の指揮下に入る。皮肉なことに、後に薩摩藩の御用党事件が起こった時に薩摩藩邸攻撃を実行したのがこの浪士組である。

花の都京都に入った近藤勇たちは、三条大橋を渡り切った時に異様なものを見た。三個の木像の首が橋のたもとに晒《さら》されていた。立て札が立っていた。晒された首は洛

北の等持院（室町将軍家足利《あしかが》家の菩提寺）から盗み出したものだ。足利幕府の創始者尊《たか》氏《うじ》と二代目の義詮《よしあきら》、三代目の義満《よしみつ》のものだ。立て札に書かれていた文は、

「逆賊《ぎゃくぞく》足利三代に対し天誅《てんちゅう》を加えるものである」

というものだった。明らかに、まもなく上洛して来る徳川十四代将軍家茂に対し、

「きちんと攘夷を奉答しない場合は、おまえにも天誅を加えるぞ」

という脅迫文だ。近藤勇をはじめ土方歳三も沖田総司も試衛館一門は、この木像を見た。高札文も読んだ。互いに顔を見合わせた。

「呆《あき》れた話だ」

近藤が呟《つぶや》いた。土方が、

「犯人を徹底的に追及すべきだ」

といった。中山道を辿る十五日間の旅では別段何ごとも起こらなかった。つまり、幕府から命ぜられた、

「沿道で不穏な動きがあった場合には、これを鎮圧せよ」

という事件には出会わなかったのである。はじめて出会ったのがこの三条大橋における、

「木像梟首《きょうしゅ》」

である。当然、清河八郎たちも見たはずだ。が、かれらは小気味良げに笑った。それは文に書かれた、

「将軍が攘夷実行を奉答しなければ、天誅を加えられるぞ」

という言い方が、清河たちの気持にぴったり合ったからだ。清河たちもそう思っている。だからかれらには、ここに足利三代の木像が晒されていても、快哉《かいさい》を叫びこそすれ、

「不届きな事件だ」

というように、近藤たちのような受け止め方はしなかった。ここですでに、

「両者の岐路」

が設定されていたと言っていい。もともと歩く道が違ったのだ。近藤はその後、自分たちの生活の場を確保する努力を続けつつも、折りに触れて、

「あの木像を晒した奴等《やつら》はどうなったろうか」

と気にした。どうなったろうかというのは、

「幕府側では、あの事件をそのまま見逃してしまうのか」

ということだ。ところがその近藤に下腹を疼《うず》かせるような情報が入った。それは、

「新しく京都守護職として赴任した会津藩主松平容保の命令で、三条大橋の脇に足利

三代の木像を晒した犯人たちが、全員逮捕された」

というものだ。

「ほんとうか？」

近藤は知らせをもたらした沖田にきいた。

沖田は頷いた。

「ほんとうです」

「その会津藩というのはなかなかやるな」

「ええ、今の京都では骨太です」

沖田はにこにこ笑いながら頷いた。

「山南」

近藤は旧門人の中でも学者の噂が高い山南敬助にきいた。

「会津藩というのはどういう大名家だ？」

「そうですな」

突然の問い掛けに山南敬助はちょっと目を宙《ちゅう》に上げて考えた。山南は仙台藩士の家に生まれ、北辰一刀流をよく使う。しかし学問が深く、かなり前から、

「尊皇攘夷論」

を唱えていた。だから土方歳三などに言わせれば、

「山南の奴は、試衛館にいても腰が落ち着きませんよ。きょろきょろ、三大道場の方ばかり見てやがる」

と悪口を言っていた。そのとおりだった。しかし山南にすれば、

「自分の志を遂げるためには、一体どこに身を置けばよいのか」

と、自分の〝居場所〟に始終気を遣っていた。その意味では、試衛館は三流・五流道場だから、あまり大きな大名家の家臣はやって来ない。当時の江戸の空気からすれば、

「今は剣術など習っている時期ではない。国事にどう奔走するか、その方が先決だ」

とみんな勢い込んでいた。かれらを江戸に修行に出した大名家にしても、

「剣術修行に名を借りて、政都である江戸で情報を仕入れ、その情報によってわが藩の今後の動向が決まる」

と考えていた。だからこそ、財政が苦しいのに剣術の修行費と称して多額の旅費や滞在費を与えたのである。したがって派遣された藩士たちはいずれも、

「それぞれの藩が情報を得るための触手」

であった。これは何も江戸に出て来た若い武士たちの意向だけではない。母船であ

る藩の意思を反映していた。いってみれば、母船から航路の目安を決めるべきキャッチャーボートのようなものだったのである。

そんな事情は近藤たちにはわからない。だから近藤たちは純粋に、「天然理心流の保全とその継承」に専念した。

山南敬助が語った会津藩というのは、

・藩祖は保科正之《ほしなまさゆき》である。正之は三代将軍徳川家光の実弟だった。

・しかし生母に事情があって、正之は小さい時養子に出された。しばらくは武田信玄の娘だった松月尼《しょうげつに》に養われたが、やがて信州（長野県）高遠《たかとお》城主の保科家の養子に入った。

・やがて、正之の存在を知った家光が非常に驚き、同時に喜び、以後正之を重用した。

・正之は山形城主になり、やがて会津若松城主になった。

・感動した正之は、特に「会津藩の武士道」を自ら考え出し、これを全藩士に浸透させた。これが「会津武士道」である。

・正之の主張は「会津藩は他の大名家とは違う。特別に、将軍の恩顧によって成立した藩である。したがって、徳川本家に何かあった時は、真っ先に駆け付けなければならない。そういう精神を常に養っておけ」というものである。

・京都守護職というポストはかつてあった。一旦廃止されていたものを過激派の台頭を恐れた幕府が復活したものである。このポストにだれを任命するかは幕府でも大きな問題だった。「やはり、徳川家への忠誠心を培《つちか》って来た会津藩松平家(その頃は松平の姓を与えられていた)がよかろう」ということになり、容保が赴任した。

・容保は病身だが非常に尊皇敬幕心の強い若い大名だ。

・したがって、会津松平家に伝わって来た藩祖保科正之の「会津武士道の精神」と、容保自身の性格からいっても、たとえ木像といえどもこれを三条大橋に晒した過激派の罪は許すことができないという判断に立ったのではなかろうか

山南の説明は筋が通っていた。座にいた者はみんなふんふんと頷きながら顔を見合わせた。それに気分をよくしたわけではなかろうが、山南は最後にこう締《し》め括《くく》った。

「しかし、わたしの考えでは会津殿の行ないは児戯に等しい」

そういった。近藤と土方は顔を見合わせた。沖田は大きな笑声を立てた。

「何がおかしい」

土方がグイと沖田を睨《にら》んだ。沖田は、

「だってそうじゃありませんか。もともとは、寺から足利三代の木像の首を盗み出して三条大橋の畔に晒したこと自体が、子供騙しじゃありませんか」

そういった。沖田は山南が好きだ。しかし、今の沖田の発言は山南に対し、

（あまり埒《らち》を越えた発言をなさると問題ですよ）

という警告を与えていたのである。山南はすぐその意味を悟った。そのため頭を掻《か》いて苦笑しながら、

「とはいいながら、その児戯に等しいことを堂々と行なって、京都にいる不逞《ふてい》の輩《やから》の肝を縮めさせたことは正しい」

そう言い添えた。座の空気が緩んだ。山南の締め括りはよかった。それは山南自身も、

「京都に蝟集した志士の中には、ホンモノとニセモノがいる。ニセモノは許せない」

と思っていたからだ。近藤は松平容保指揮による会津藩の、

「木像梟首事件の犯人逮捕」

を聞いて、快哉を叫んだ。そして密かに、

（京都守護職さんと一緒に仕事ができるといいな）

と思った。その幸運が向こうからやって来た。それは、老中板倉勝静から、

「清河八郎を殺せ」

という密命を受けた直参佐々木只三郎が、その出発の前日に、近藤勇を訪ねて来た。

「あなた方の尽忠報国のご精神は、よく承りました。特に近藤先生が信条としておられる『誠』の精神は、今の世ではなかなか得難いものだと認識しております。どうか、その誠のお気持ちをご貫徹ください。ついては、差し出がましいことではありますが、わたくしの実兄が手代木直右衛門《てしろぎすぐえもん》と申し、いま会津藩の用人を務め会津藩の宿所である東山の金戒光明寺におります。一度お訪ねくださいませんか。先生方のことは、兄によく話してありますので」

そういった。近藤は目を輝かせた。

(何という幸運か)

と感じたからだ。そこで、

「余の者なら、一笑に付してしまう三条大橋の足利家三代の木像梟首事件に、守護職様がこれを見過ごす事なく、犯人を逮捕されたというお話を伺い非常に力強さを感じております。これはおそらく、京都市民も同じ思いでございましょう。お心遣い、誠

に感謝致します。必らず手代木様をお訪ね致します」

丁重にそう応じた。佐々木は満足した。帰りがけに近藤にそっと囁《ささや》いた。

「清河は私どもで始末致します。ご安心を」

不気味と言っていい位の笑いを浮かべた。近藤は思わずぞっとした。そして、

(この佐々木さんも、なかなかの使い手なのだ)

と、その武技の確かさを感じた。

佐々木只三郎は誠実な武士である。東山の金戒光明寺に手代木直右衛門を訪ねると、直右衛門は、

「よく見えた。弟からお話はよく伺っております。どうぞ中へ」

と、客間へ案内した。そして、

「主人もあなた方のご誠忠の志をよくわきまえております。今京都にいる食い詰め浪士のような志の低い者ではなく、あくまでも徳川家に忠節をお尽くしになろうとするお志にいたく感じ入ります。あなた方のお世話は、当会津藩でさせていただきます。何でもおっしゃってください」

大変な対応であった。近藤たちは思わず顔を見合わせた。

新撰組と名乗るがよい

清河八郎たちと分かれ、京都壬生村に残留した近藤勇たちは、その後八・一八の政変（文久三年八月十八日のクーデター）に際会した。この時、かれらが秩序正しい行動によって御所内をきちんと警備したので、公家たちもいたく感動した。

「今日から新撰組と名乗るがよい」

と伝奏《てんそう》が告げてくれた。普通伝奏がこういうことをいうのは、帝のお考えをそのまま伝えることだ。しかしこの場合は果たして、壬生にいた近藤たち浪士組の存在を、孝明天皇が知っていたかどうかは分からない。動乱の時だから、あるいは公家が、

「壬生村に、かような忠節を尽す浪人隊がおります」

と申し上げたかもしれない。が、そんなことはどうでもいい。伝奏という朝廷の高級ポストの公家がそういったことは、公式なものとみていいだろう。近藤たちは喜んだ。かれらは、局長の一人である芹沢鴨（この頃は、近藤勇・芹沢鴨・新見錦の三人が局長になっていた）の発案で、隊士は揃って忠臣蔵の志士が着たようなダンダラ羽織を

身につけていた。今でいうユニホームである。これが目立ったのだろう。

「あの連中はなんだ？」

という囁《ささや》きが御所内で起こり、おそらく会津藩の武士が、

「壬生村に屯集する誠忠無比の隊でございます」

と告げたに違いない。朝廷から新撰組という名を貰って、近藤勇たちは壬生村に戻ると祝杯をあげた。

「われわれの志の第一段階は遂げられた」

と言い合った。

このことによって、近藤自身が、

「自分の夢の座標軸」

を動かしたことは事実だ。座標軸が変わったということは、近藤自身の思想は、

「尊皇攘夷」

だったが、その実行の前に、やらなければいけないことがあるということを感じたことだ。それは、

「王城の地の治安をもっと安定させなければならない」

ということである。王城の地というのはいうまでもなく京都のことだ。近藤は、朝

廷から新しい隊名を貰ったことにひどく感動していた。かれの思想は、

「尊皇敬幕《そんのうけいばく》」

になった。攘夷の実行以前に、その実践の方こそ大事だと思った。つまり、

「攘夷を実行する上での土台づくりが大切だ」

と思い立ったのである。そして、

「その土台づくりの過程にこそ、多摩の千人同心精神が生かされる」

と感じたのである。ここでいう千人同心の精神というのはいうまでもなく、

「土にしっかりと根ざした武士精神」

のことだ。京都に集まったいわゆる志士たちはみんな根無し草だ。根無し草も死んでいるわけではない。転がりながら土壌の滋養分を吸って生きている。

「しかし、おれたちはそんな生き方はしたくない」

近藤はそう考えた。そして、

「不便な壬生村に宿所を与えられたことが、却《かえ》って良かったかも知れない」

と思うようになった。幸い、かれらを泊まらせてくれている郷士の八木さんや前川さんも、土と関わりを持っている。郷士というのは、

「半農半士」

の生き方を貫く。多摩の千人同心と同じだ。近藤の家も土方の家も農家だ。武士ではない。しかし近藤や土方は、

「武士になる。そのためには武士らしく生きる」

ということを信条にしている。

朝廷から新撰組の隊名を貰った直後、近藤は土方と相談して、

「局中法度《きょくちゅうはっと》」

を作った。局というのは事務機構の単位をいう。しかし近藤の意識はそういう、

「ある組織の一部分」

という意味ではない。

「大名家に匹敵するような新しい組織を作る。その組織を局と名づける」

という意気込みがあった。すでに、隊士は百人を超えていた。百人の隊士を抱えているということは、小さな大名家に等しい。近藤は、

「新撰組をさらに大きく育てる」

と思っている。その意味で、既成の大名家にも、あるいは民間の組織にもない、

「局」

という組織認識を表明したのである。局中法度は、そのまま、

「新撰組隊規」

といっていい。五カ条あった。
一、士道ニ背キ間敷事
一、局ヲ脱スルヲ不許《ゆるさず》
一、勝手ニ金策致不可《べからず》
一、勝手ニ訴訟取扱不可
一、私ノ闘争ヲ不許
こういうように、

「新撰組隊士は、この五カ条を行なってはならない」

とまず〝べからず〟を規定し、最後に、

「右条々相背候者切腹申付ベク候也」

罪の順位はない。何でもかんでも、

「この五カ条の一つに背いた場合には、必ず腹を切らせる」

という徹底したものであった。始終酒を飲んで酔っ払ってばかりいるもう一人の局長芹沢鴨は苦笑した。おでこをぴしゃりと叩きながら、

「こいつは参った。なんだか、みんなおれに当て付けているようだな」

と大笑いした。事実、近藤や土方の頭の中には、芹沢鴨の近頃の行動があった。芹沢は、酔っ払っては大きな鉄扇を振り回しながら豪商の家に入り込む。そして、

「われわれ新撰組は、会津守護職様お預りとして、京都の治安の任に当たっている。が仕事をはじめたばかりなので、少々活動資金に不足を来しておる。提供してもらいたい。そのことによって、われわれの活動が円滑になり、おまえたちも安心して商売を営む事ができるはずだ」

と、半分は恩着せがましいことをいいながら、資金を強請《ゆす》っていた。この苦情が、つぎつぎと壬生の屯所にも来たし、もっと事情を知る者は東山の金戒光明寺、あるいは二条にある守護職の本陣にまで駆け込む者もいた。

「近藤先生、芹沢さんには困ったものですな」

用人の手代木直右衛門も、時々チクリと苦情を言った。芹沢は一人ではない。芹沢に与《くみ》する者もいたし、あるいは芹沢とは無関係に、そういう強請《ゆすり》・恐喝を行なっている者もいた。

「これでは、われわれが敵とする偽者の志士とかわりありませんね」

いつもにこにこ笑っている沖田総司が、めずらしく仏頂面をしてそういった。近藤と土方は頷いた。近藤は言った。

「一旦規則を定めた以上は、隊士ならだれにも守らせなければならない」

まるで自分に言い聞かせるような口調だった。それは明らかに、

「芹沢鴨粛正」

を頭の中に置き始めていたからである。まず、新見錦が詰め腹を切らされた。かれもまた、豪商を強請っては、遊興資金を得、贅沢《ぜいたく》な暮しをしていた。その現場を押さえ、酒亭の一室で、近藤・土方たちは迫って無理やりに新見錦に腹を切らせた。新見錦は無念そうな表情を浮かべた。そして、

「おれだけではないのに」

と呟《つぶや》いた。土方は頷いた。そして、

「わかっている。そのおれだけではない野郎にもいずれ制裁を加える。安心してあの世へ行け」

非情なことをいった。そして、直後の九月十八日の雨がどしゃ降りの夜、近藤は意を決して芹沢鴨一派を暗殺した。八木邸の離れにおいてである。この頃の芹沢は、京都の商人から借りた金を返さず、催促に寄越した商人の妾をそのまま犯し、自分の部屋に住まわせていた。新見錦の場合も明らかに局中法度に違反している。

「勝手ニ金策致不可」

に触れるのだ。そして金を得た後の行動は、

「士道に背いている」

ということになる。一カ条に背いているだけでなく、数ヵ条に亘って違反を犯していた。

暗殺の夜、泥酔していた芹沢とその子分は、自分たちが斬られたことも知らずにあの世に旅立った。まさに、

「酔生夢死」

が文字通り行なわれた。お梅という、商人の妾が同衾《どうきん》していたので、沖田は、

「無残だ」

と言い、傍に立て掛けてあった屏風《びょうぶ》を取って芹沢たちを覆い、その上からズブズブと刀を刺し貫いた。一緒に寝ていたお梅に対しては、だれかが、

「こいつも不憫《ふびん》だ。が、この方が幸福だろう」

そういって、気合いも掛けずにその首を打ち落とした。もしも、芹沢が正気に戻って、

「なぜ、おれたちを殺すのだ?」

と居直ったら、近藤はこう答えるつもりでいた。

「それは、芹沢さんたちがおれの新撰組に託した夢の気持ちを知らないからだよ」

芹沢は聞き返すだろう。

「夢とはなんだ?」

きかれれば近藤はこう胸を張って答える。

「新撰組にいる隊士は、かつての身分が何であろうと、入隊後はすべて武士になったということだ。あんたはそのことをわかっていない」

真実、近藤はそう思い込んでいた。つまり、

「新撰組に入隊することによって、入隊者は過去の身分を一切忘れる」

ということだ。それは言葉を変えれば、

「新撰組というフィルターを通ることによって、入隊者はすべて平等な人間になる。しかも、武士にランクアップされる」

というものだ。過去の身分からの解放であり、また当時としては、

「武士へのランクアップ」

ということである。そしてこのことこそが、試衛館を畳んで京都にやって来た根っからの夢だったのである。

しかし、芹沢鴨暗殺の一件は、その後長く近藤勇の胸に後味の悪さを残した。それ

は、この夜の暗殺について土方歳三は、

「まだ、新撰組を結成してからそれほど月日が経っていません。局長が自ら暗殺者になったとあっては、今後隊の統制にも悪い影響が出るかも知れません。おれたちに任せてください」

といって、先に立とうとする近藤を押しとどめた。土方には昔からそういうところがある。つまり、

「汚れ事は全部引き受ける。そして、責任も負う。決して逃げない」

ということだ。その点は、新撰組を管理して行く上で非常に近藤にとっては楽だった。今でも、

(土方がいなかったら、新撰組はあんな長続きはしなかった)

とつくづく思う。芹沢鴨から暗殺の理由をきかれたら、近藤勇は、

「それは、新撰組入隊者はすべて過去の身分を忘れた平等な人間であり、武士にランクアップされている。その自覚をあんたは欠いていたからだ」

と胸を張って説明できる。しかし、後味の悪さは、局中法度に背いた芹沢を処断する事は、自分が正しいと思いつつも、

(果たしてそうか?)

という、

「自分自身に対する疑惑」

が、近藤の胸の隅に根雪のように残っているからである。

芹沢は時折言った。

「近藤さんは、なぜ武士にこだわるのだ？」

「今の世では、武士でなければ何もできないからだ」

「そうかな」

芹沢鴨は疑わしそうな笑顔を振り向ける。いつも酔っているから、その笑顔は歪《ゆが》んでいた。しかし、目は真実を語っていた。水戸天狗党の残党だというかれの履歴報告に、どれほどの真実性があるかどうかわからない。それは、新撰組の中でもよく話し合われた。特に尊皇攘夷論者である山南敬助は、

「水戸天狗党の残党ならば、この京都に来ても同志が沢山いるはずだ。それから全く声が掛からないというのは、芹沢さんは怪しい」

と率直な疑問を提起する。しかしそんな山南の批判を聞いても芹沢はへっちゃらだ。

「怪しかろうと怪しくなかろうと、そんなことはどうでもいい。肝心なのは、攘夷の

志を遂げることだけだ」

そう言い放つ。そして、その論拠に基づいて近藤が、武士にこだわることを逆に疑問に思うのだ。芹沢はいう。

「今の時代は戦国時代に戻ったようなものだ。徳川幕府が三百年も掛かって築いて来た人工的な世の中が、がらがら崩れている。そんな時に士農工商の別も何もあるものか。あの身分制度は、徳川幕府が自分の政権を長持ちさせようとして作り出したものだ。それがいま土台がガタついているのだから、意味がない。身分制度は、徳川幕府が政権維持のために立てた柱の一本にすぎない。土台が崩れりゃ柱も倒れる。今はそういう世の中だろう。それなのに近藤さんはなぜ武士だ武士だというのだ。新撰組は士農工商を飛び越えて、みんなが自分の志を遂げられるような宿屋だ、と思うのが一番素晴らしいことだぜ」

そう告げた。酔っての言葉だったが、近藤勇は芹沢鴨のあの最後の一言を頭の中にこびり付かせていた。

「新撰組はだれもが自分の志を遂げる宿屋だ」

という言い方にである。

(確かにその通りだ)

近藤はそう思う。

「過去の身分を問わず、入隊者はすべて武士として扱う」

という触《ふれ》に、多くの入隊希望者がどっと押し寄せた。

「過去の身分を問わない」

ということはそのまま、

「過去も問わない」

ということである。いってみれば、本人の申立てを鵜呑《うの》みにするということだ。本人が言ったことをいちいち調査員を出して、

「嘘か本当か」

などと調べるようなことはしなかった。そんな時間的余裕もない。とにかくその頃の近藤・土方たちは、

「隊士を増やしたい」

という気持ちで一杯だったからである。当然中にはいかがわしい者もいる。しかし近藤は、

「過去にいかがわしいことがあっても、新撰組に入隊した後に改めてくれればいい」

と思っていた。そのために、二条城に集結している江戸幕府の出向者や、京都守護

職を務める会津藩松平家や、京都所司代を務める桑名藩松平家、そして京都町奉行所の役人たちも、この集団を甚《はなは》だいかがわしいものと見た。

「壬生村に集結した浪人たちは、一体何を企《たくら》んでいるのか」

と疑惑の目を向け続けた。近藤たちにはそれがピンピン伝わって来た。そこで近藤は、

「おれたちが胡乱《うろん》な集団ではないことを示そう」

といって、まず隊士たちに与えた任務が、

「自発的な京都市中の治安維持」

である。現代の言葉を使えば、

「愛される浪士組」

を目指したのである。当然、宿所を置いた壬生村の住民に対しても愛想よくする。その役割は、温和な山南敬助やひょうきん者の沖田総司が果たした。沖田総司は、暇さえあれば壬生寺に行って、そこに集まる子どもや子守娘の相手をした。今では、

「兄さん、あにさん」

とすっかり人気者になっている。

今年の春には将軍が天皇に約束したとおり入洛《じゅらく》した。天皇の供をして、賀茂社など

に、

「攘夷祈願」

などを行なったが、その時も浪士組は率先して二条城にいる幕府首脳部に頼み、

「江戸で命ぜられた将軍警固を京都で果たしたい」

と申し出た。首脳部は許可した。特に老中の板倉勝静（備中松山城主）は、この浪士組に関心を持った。側近に、

「壬生にいる浪士組は、案外京都にいる過激志士たちの抑止力になるかも知れない」

と気味の悪い笑みを漏らした。おそらく頭の中では、

「京都にいる過激志士と壬生にいる浪士組を衝突させれば、互いに相殺現象を起こすだろう」

と思ったに違いない。お互いに力が強ければ強いほど、殺し合いは熾烈《しれつ》になり、その損耗《そんもう》度も激しい。

「黙っていても、両方絶滅する」

と見ていたのだ。したがって板倉が浪士組に命じたのは、

「単に、市中の治安を保つだけではなく、エセ志士どもを退治しろ」

ということである。これは近藤もかねてからそう思っていた。京都市中には確かに

沢山の浪士が雪崩れ込んでいた。が、その中には板倉のいう、

「エセ志士」

も沢山いる。

「今の物価高で、生活が苦しいのはすべて幕府が開国したせいだ」

といい、商家に入っては強請恐喝を働いて、

「これは攘夷資金である。やがて攘夷が実行されれば、おまえたちの生活も元に戻る」

などと告げていた。壬生村で暮らすようになってから、土方歳三が時々ぼやく。それは、

「おれたちも、京都にいるエセ志士たちと同じに見られている」

ということだ。だから板倉が告げた、

「エセ志士を京都から一掃しろ」

ということは、近藤たちにすれば、

「まだ曖昧《あいまい》な存在である自分たち浪士隊が、公認される目的を与えられた」

ということにもなった。近藤たちの活動は次第に加速度を加えた。エセ志士狩りは厳しくなった。しかし、こちら側がエセ志士だと断定しても、向こう側からすれば、

「本物の志士」

もいた。それが玉も石もごっちゃになって追い回されたのである。追い回され方も、路地から路地へドブ鼠のように追われた。これが、本物の志士たちを憤激させた。

「壬生に屯集している浪士たちは、一体何なのだ？」

と、はじめて本物の志士たちの壬生浪士組に対する関心が大きく湧き立った。警戒心も強めた。そして、結果的に敵愾心《てきがいしん》も強めた。確かに近藤たちが感じたように、本物の志士たちも、京都に偽者の志士がいることは承知していた。それは、

「生活費や遊興費欲しさに、罪のない市民に強請恐喝を働いている不届きな奴等」

という連中だ。しかし、本物の志士たちには、そんな偽者の志士たちを退治している暇はない。放置しておいた。ところが壬生にいる浪士連中が、これに眼を着けて、

「偽志士狩り」

を積極的に行ないはじめた。そのために偽志士だけではなく、本物の志士まで追い回される。これが志士活動の大きな妨げになった。

は、本物の志士たちは、会議を開く度に、壬生の浪士組を問題にした。本物の志士たち

「京都市内には、確かに生活費や遊興費欲しさに強請恐喝を働く不届きな連中はいる。が、壬生に集まった浪人の奴等も、結局はエセ志士と同じような、金欲しさに群をなしているに過ぎない。奴等の方がよほど悪質だ」

と断定した。それが高じて、

「われわれが大きな志を遂げる思い切った計画を立てた時には、壬生の浪士連中も必らず根絶やしにしてやろう」

と合意した。

文久三年八・一八の政変で、壬生にいた浪士組は、朝廷から正式に、

「新撰組」

という隊名をもらった。これはいわば陰で活動していた浪士組が、公認されたということである。浪士組が結成された時から、庇護者になっていた会津藩主松平容保は喜んだ。

「新撰組を、正式に会津藩預りとし、われわれの活動の補助をさせよう」

といった。松平容保は純粋な大名だ。そして、会津藩に連綿として伝わる、

「徳川家への忠誠心」

の保持者でもあった。容保は、壬生に集結した近藤たち浪士の心底に、

「彼等は、会津藩松平家と同じ忠誠心を持っている」

と認識したのである。重役の中にはもちろん反対者がいた。

「徳川家への忠誠心が本物であればあるほど、得体の知れぬ浪人たちの助けを借りたとあっては、会津藩松平家の名にも関わりましょう」

といった。が、容保は首を横に振った。

「ちがう。今の日本中を見渡して見ても、壬生に集まった新撰組ほど徳川家に対する忠誠心を堂々と披瀝《ひれき》する者はいないではないか。みんな及び腰で日和見だ」

これは京都守護職として赴任してから毎日感ずる容保の実感であった。容保は潔癖な人物だ。だから、他の治安責任者なら大目に見てしまう、例の、

「三条大橋脇の足利三代木像梟首事件」

も決してないがしろにはしなかった。徹底的に犯人を探索し、首謀者他を逮捕した。かれらは今六角の牢にぶち込まれている。もちろん洒落《しゃれ》っ気《け》の多い京都人の中には、

「なにも、木像はんの晒し手を本気になって探すこともなかろうに」

と嘲笑《ちょうしょう》した。が、容保はそんな風評を聞いても自分の考えを断固として改めなかった。

「わたしは正しい。この正しさを貫くことが、王城の地を安らかにすることに繫《つな》がる」

と言い切った。だから松平容保にすれば、清河八郎の策謀に反対して京都に残り、最後まで、

「将軍警固に全力を尽くす」

と言いきった近藤勇たちの勇気が好もしかったのである。

しかし、近藤たち浪士組が朝廷から「新撰組」の隊名を与えられるのに大きな活躍をしたのは、実をいえば芹沢鴨であった。はじめ、ダンダラ羽織を着て京都御所に到着した時、会津藩そのものから誰何《すいか》された。そして、

「通せぬ」

「通せ」

という押し問答がはじまった。この時前面に出て来て、

「黙れ、この木《こ》っ端《ぱ》役人どもが」

と怒鳴りつけたのが芹沢鴨だった。

「なにをこの」

と武器を構える会津藩士の間から、

「待て待て」

と出て来た人物がいる。藩の用人手代木直右衛門だった。手代木はすでに壬生に集結した浪士たちをよく知っていた。近藤や芹沢たちも知っていた。

「これは芹沢さん、ご苦労です」

そういうと手代木は、浪士隊を止めた番兵を叱った。

「どうぞ中へお通りください。あなたがたには、御所内のお花畑の警備をお願いしたい」

この一言で、浪士隊はぞろぞろと御所内に入り、お花畑といわれる辺りの警衛の任に着いた。芹沢は持っていた軍扇でバタバタ自分を扇ぎながら、

「やったな」

と周囲へ笑いかけた。隊士たちもどっと笑った。

しかしその芹沢は酒癖が悪い、それに、始終遊び歩いていたので金が要った。発足当時なので、たとえ局長とはいってもそれ程給与は多くない。結局芹沢も市中の裕福な商家を脅しては強請恐喝を行った。新撰組のユニホームであるダンダラ羽織は、芹沢の発案によって作ったものだ。採用されると芹沢はすぐ、大手の呉服屋に注文した。ところが数ヵ月経ってその呉服屋から催促が来た。

「羽織のお代金をまだ頂戴《ちょうだい》しておりません」

という。近藤や土方たちは苦虫《にがむし》を嚙《か》み潰《つぶ》したような表情になった。羽織の代金はとっくに芹沢が、

「おれが払って来る」

といって大金を持ち出していたからである。結局その羽織代も芹沢は飲んでしまったのだ。あるいは島原遊郭に上がって豪遊をしたのに違いない。芹沢の強請恐喝は次第に規模が大きくなり、終いには店先で銃までぶっ放した。近藤・土方たちは京都の東山にある、金戒光明寺へ呼ばれた。会津藩はここを宿所にしていた。手代木直右衛門が出て来た。

「誠に言いにくいことだが」

といって、暗に、

「芹沢を始末してもらいたい。新撰組の名にもかかわるだろう」

といった。守護職本陣に呼ばなかったのは、この指令が密命だったからだ。近藤たちは承知した。それでなくても土方などは前々から、

「芹沢の野郎を早く始末しないと、新撰組の名にかかわりますよ」

と近藤に進言していたからである。

芹沢は暗殺された。しかしこれで隊内の不純物が全部一掃できたわけではない。近藤の考えでは、

「おそらく、これからも、第二の芹沢第三の芹沢が現れるに違いない」

と思っている。これは、資格を問わず自由に入隊させた隊士たちの質による。まだ生きてた頃芹沢がある夜酔っ払って近藤にこんなことを云ったことがある。

「局長であるおれたちはいわば笛吹きだ。しかしおれは始終酒を食らっているから、笛を吹きながらも自分がどこへ行くのかさえわからない。そこへいくと近藤さんは立派だ。しかし、近藤さんよ、あんたは自分の笛でみんなをどこへ連れて行く気かね」

比喩《ひゆ》に満ちたきき方だった。近藤は狼狽《ろうばい》した。そんなことは考えてもいなかった。かれにすれば、

「とにかく隊士を多く集めて、組織を作ることとの方が先決だ」

と思っていた。この頃の近藤は少し調子に乗っていたかもしれない。それは、二百人もの人を抱えるということは、小さな大名家を作るのと同じことだから。

たとえば、元禄年間に赤穂《あこう》城主だった浅野内匠頭《あさのたくみのかみ》が吉良上野介《きらこうずけのすけ》に宿意を持って刃傷《にんじょう》した。結果腹を切らされ、浅野家は潰されてしまった。この時失職した武士の数が、約三百人だったという。浅野家は五万三千石だ。そうなると、二百人の人数を集

めるということは、三万石ぐらいの大名家を新しく作るということになる。

「そうだとすれば、おれは三万石の殿様だ」

近藤はそんなことをいったことがある。土方はそれを聞くと苦い顔をした。

「近藤先生、そんな考えは捨てた方がいいぜ。いくら人数が集まったからといって、粒が揃わずにてんでんばらばらだったら、何にもならねえ」

そういった。そして、

「周りには、あんまりおべっかばかり使うような奴を集めない方がいいですよ」

と苦いことも告げた。近藤は真っ直ぐな人間だから、この苦言をすぐ受け止めた。以後、かれは自分の言動を改めた。そして、

(なるべくおれはどっしりと構えていよう。土方たちを経由しておれのところに判断を求められた時に、はじめて立ち上がろう)

と思い立った。今でいえば、

「トップが行なうことは決断と命令だけだ」

ということに徹しようと考えたのである。これは正しい。

八・一八政変の時に、朝廷が「新撰組」の隊名をくれたのは、それまでの新撰組の行動を特に京都守護職を務める松平容保たちが、かなり誇張して御所に吹き込んでく

れたためだろう。つまり、

「壬生に集結している浪士組は、尽忠報国の志が厚く、特に王城鎮護の責務感に燃えております。それだけでなく、現実にそれを実行しております。京都守護職の任にあるわたくしも大いに助かっております」

といったからだ。ということは、松平容保の認識も、

「新撰組は京都治安の警察力として非常に役立つ。またそういう能力を持っている」

と評価したからだ。松平容保の頭の中には、新撰組がもともとは攘夷思想の志に燃える集団だ。などという認識はない。そんな認識をすれば、清河八郎たちと同じ存在になってしまう。容保の認識では、

「新撰組の指導者たちはすべて徳川家へ忠節を尽くす誠忠の士だ」

という考えが根底にある。ということはそのまま、

「新撰組は佐幕集団だ」

ということになる。松平容保がそう思っていることは、折りに触れて近藤たちが金戒光明寺へ伺候《しこう》した時に感じた。近藤自身にはまだ、

「攘夷思想」

が残っていたから、容保が一方的に、

「おまえたちは、譜代大名ですら持たぬ徳川家への忠節心を純粋に保持している。感服の至りである」

といわれることに多少の抵抗とためらいを感ずる。しかし、土方歳三は目を輝かして喜ぶ。

「これで、いよいよ新撰組の性格がはっきりしましたね」

と帰り道で躍るようにいう。

「何がだ」

近藤がきくと、土方は、

「何がだじゃありませんよ。守護職の松平様が、われわれを徳川家の直参同様に考えてくださったことですよ。嬉しいじゃありませんか」

そういう。近藤は眉を寄せたまま腕を組み、

「そういうものかね」

と曖昧な応じ方をして歩き続ける。そんな二人を、沖田総司がにやにや笑いながら見守っている。

志士の変遷

近藤が東山の金戒光明寺から壬生村への道を辿っている間に、頭の中に思い浮かべていたのは、今でいえば、

「組織と人間」

の問題だった。いわゆる「八・一八の政変」と呼ばれる文久三年八月十八日のクーデターは、いわば保守派の手によって行なわれた。この事件で、京都に集まっていた過激派志士と、その後ろ盾だった長州藩そして過激派が頼りにしていた七人の公卿《くぎょう》が揃って京都から追放されてしまった。それまで、

「攘夷派の総本山」

として、諸国から集まって来た志士たちのいわば、

「至宝」

的存在だった、孝明天皇がにわかに気持ちを一変させたからである。八・一八政変の後孝明天皇はこう宣言した。

「今まで、叡慮《えいりよ》（天皇の意思）は、下より出た。したがって、誤りも多かった。今後の朕《ちん》の述べることが、真の叡慮である」

したがって今まで、

「勅旨《ちよくし》」

として、多くの志士たちを励まし、特に過激派公家や長州藩が金科玉条として頼って来た叡慮は、すべて偽りであったということになった。

「今後の叡慮」

ということは、穏健な公家と、同時に徳川幕府とこれに協力する諸大名家と、京都の治安を担当している警察力の総力による、

「公武合体派」

の天下に変わったということだ。したがって八・一八の政変は、公武合体派が敢行したクーデターである。壬生浪士組はその手足となって働いた。そして功労を認められた。新撰組という隊名を貰い、この公武合体派の警察力の中に組み込まれたのである。だから新撰組はもはや昨日までの浪士組ではない。近藤の頭の中を占めていたのは、

・壬生浪士組は、新撰組という隊名を貰ったことによって色がついた

・その色は、はっきりと「佐幕派」というものだ
・したがって今後の新撰組隊士が守るべき「局中法度」は、それが基盤になる
・第一条に掲げた「士道ニ背キ間敷事」や「局ヲ脱スルヲ不許」という重要項目は、そのまま「佐幕派としての行動をしたかしないか」ということが基準になる
・金策をするなとか、勝手に訴訟を扱うなとか、喧嘩口論をするなどということは、すべてこの「佐幕派」であることを維持するための内部統制規定だ

そう受け止めた。近藤が迷うのは、

（それでいいのか？）

ということだった。その点今思い返して見ても、

（あの時、一体おれは何を考えていたのだろう？）

と思う。もっといえば、

「何を求めて、京都へ行ったのだろう」

ということだ。発端は確かに、自分が開いていた試衛館という町の剣術道場から、多摩地域に出稽古に行ったときに見た多摩地域の実態だった。八王子を中心とする生糸の生産地がにわか分限者《ぶげんしゃ》になり、受けに入っていた。その富を狙って盗賊が跳梁《ちゅうりょう》した。しかし、これを取締まる幕府の警察力は多摩地域にはない。あってもほとんど

役に立たない。そこで農民たちが、

「自分の命と財産は、自分で守るより仕方がない」

といって、近藤の道場に出稽古を頼んで来た。貧乏道場だから、こんなアルバイトの口があれば有り難い。喜んで出向いた。しかし、多摩地域の実態を見ているうちに、近藤は次第に、

「この混乱の根元はやはり開国にある」

と判断した。また、江戸の有名な剣術道場は政治論を戦わす若者の塾となり、武術などそっち除《の》けだ。口から泡を飛ばして盛んに国事を論争している。試衛館にはそんなことはかけらもない。そのために、

「試衛館は時勢に遅れた五流道場だ」

とばかにされた。悔しくて、幕府がたまたま募集した特別警固隊に参加して京都にやって来た。しかし、京都に来て驚いたのは、あまりにも雪崩れ込んだ浪士たちの、

「政治技術ずれ」

である。かれらが口にし行動する時に使っているのはすべて、

「技術」

である。そのために、いい加減な情報を流したり、それを金で買ったりする。さら

に、意図してガセネタを流す。情報の飛び交いは主として花街で行なわれた。だから、花街の商売人たちも、攘夷派と開国派に分かれてしまった。もっといえば、

「尊皇派と佐幕派」

である。舞妓《まいこ》や芸者でさえ、二つに割れている。必然的に、

「贔屓《ひいき》する藩」

が違う。つぶさに見ていると、その分かれ方もすでに、

「個人ではなく藩の人物」

になっている。こういう変化を、文久三年二月二十三日に京都の壬生村に着いてから、ほぼ一年半の間に、近藤は嫌というほど見せつけられ、同時に味わった苦汁の分析を続けて来た。結果、かれが今非常に不安に感じているのは、

「おれたちは、この京都に存在し続けられるのだろうか」

というものであった。それは、

「新撰組という組織が存在し続けられるか」

ということと同時に、

「それをまとめる責任を負っているおれそのものが、存在し続けられるだろうか」

という、いわば、

「組織と個人の両者」の存在についての不安である。

この近藤の感じ方は正しい。明治維新の成立過程はそのまま、「志士の変遷史」といっていいだろう。そしてこの志士の変遷史には、一つのパターンがある。

・まず、学者が国情を認識分析し、憂国の論を提言する。
・これに共鳴した個人が、その論の拡散に努力して行く。いわゆる遊説者である。この遊説は、最初に提言をした学者そのものが行なう場合もある。
・この提言を聞き共鳴した個人が、今度は「仲間づくり」を行ない、グループを作る。
・グループの活動はさらに全国的規模に及び、各地に共鳴するグループができる。
・しかしこの時代はまだいわば〝個人志士〟の時代といっていい。だから、できたグループも〝個人志士の集まり〟である。
・これらのグループの活動によって、組織（藩）に属している有志からの参加が行なわれる。
・藩の有志の参加は、在籍のまま行なわれることもあるが、その藩士自身が「自分の行動が藩に迷惑を掛けてはならない」と良心的に自覚した時には、いわゆる脱藩をする。

・当初個人の志士からスタートしたグループは、脱藩士を加えさらにパワーを強めて行く。

・これは、たとえてみれば一滴の水か一本の草の根にすぎなかった個人志士の呼び掛けによって、次第にこの流れに加わる水やあるいは草の根が増え、水はやがて激しい流れを伴う大河となり、さらに草の根は集まって大草原を形成する。すなわち世論になる。

・こうなるとこのパワーはもう無視するわけにはいかない。徳川幕府も各藩（大名家）も注目する。特に藩の中で政治的野心のあるところは、グループが持っているパワーの強力さに圧倒される。

・まず、この一滴の水が激流化したグループと、大草原化した草の根に注目したのが長州藩だろう。かれらの尊攘激派の支持は明らかにこれを物語る。しかし長州藩の場合は「本来、自分たちがやらなければならないことを、民間グループが主体的に行なっている」という認識が強かった。したがって長州藩の京都に集まった志士グループの支持は、かなり純粋なものであったといっていい。つまり個人志士グループの活動に「自分たちに出来ないことを実行している」という畏敬の念を持っていたのである。これは京都に集結して政治指導を行なっている長州藩士の大部分が下級藩士であり、同時にかつて吉田松陰の「松下村塾」で学んだ者が多かった。したがって、理念的には松陰の政治理念を踏襲していた。その松陰は常に「人間平等」を唱え、後に福沢諭吉のいう「天は人の上に人をつくらず、人の下に人をつくらずといえり」という差別のない社会を構想していた。高杉晋作が編成した奇兵隊は、その理念の一部を実現している。

・途中から薩摩藩が参加して来た。しかし薩摩藩の事情は長州藩とは違って、まだ藩主層の指導力がかなり強い。現藩主の父で無位無官ながら「御国父様」と呼ばれる島津《しまず》久光《ひさみつ》の強引な指導力は、時に徳川幕府をも揺るがした。久光の干渉によって、徳川幕府に新しく将軍後見職や政事総裁職ができたことは全日本の耳目を驚かせた。その意味で、薩摩藩の下級武士たちは必らずしも長州藩士のような行動がとれない。「どこかで久光様の眼が光っている」という意識を捨て切れなかったからである。

・文久三年八月十八日のクーデターは、島津久光と同質の藩主たちが連合して行なったものだ。参加した会津藩主松平容保も、桑名藩主松平定敬も、前越前藩主松平慶永（春嶽）も、前土佐藩主山内豊信（容堂）も、「藩主の絶対的な権力」を信じ、守っている大名だ。これらの藩では、いわゆる「下剋上」として藩士の行動が藩主を飛び越えることはなかった。あくまでも藩主が主導していた。

八・一八直後の京都の政治状況は、こういうものであった。しかし近藤勇は、独自な立場でこの状況を分析していた。かれがはっきりと感じ取っていたのは、

「個人の時代は終わるのか、終わったのか」

という認識である。近藤勇は今まで剣術一途に生きて来たから、深い学問もなければ教養もない。江戸にいた時も、三大道場が政治大学と化し、剣を学ぶべき若者たちが、口から泡を飛ばして、

「この国難にどう対処すべきか」

と論議している時も、相変わらず多摩地域を巡っては、農民たちに天然理心流の剣技を教え続けていた。はっきりいえばその頃の近藤は、

「武芸者に政治は不要だ」

と思っていた。政治は不要だという姿勢を貫いたのは、今から考えてみれば明らかに三大道場に対する劣等感だ。江戸の三大道場を軸にして、多くの剣術道場が政治大学化している傾向に、苦々しさと怒りを感じたが、しかしそれは必らずしも近藤に

とって納得できる心境ではなかった。近藤自身、

（おれは僻《ひが》んでいる）

と感じていた。つまり、三大道場をはじめ政治青年たちが、近藤が、

「おれにはとても真似ができない」

という高い段階で、行動していたからである。これは、今でいえば無学歴の層が、本当なら急遽《きゆうきよ》学問を学び、教養を積んで、自分たちが対抗心を燃やしている層に追い付こうという努力をすればいい、ということだ。ところが試衛館一門はそんなことはしなかった。

「今更ちゃんちゃらおかしいや」

と原田左之助のように茶化す者もいた。あるいは、

「もともと生まれや育ちがちがうんだ。追い付こうとしたって、追い付けるはずがねえ」

と、家伝の薬売りから剣術使いに変わった土方歳三が吐き捨てるようにいう。このちゃんちゃらおかしいという受け止め方や、もう間に合いっこねえという受け止め方が混合して、いわば、

「試衛館らしさ」

を生んだ。試衛館らしさというのは、

「江戸の一隅で田舎剣術に徹する」

というものだ。そして試衛館一門は、

「これこそが、本当の武芸者の生き方だ」

と嘯《うそぶ》いていた。しかし門人のだれもが、それが負け惜しみであり、また時勢についていけない自分たちの無能力さの裏返しであることを知っていた。だからこそ、そこにいるだけで、たちまちコンプレックスや後めたさを感じざるを得ないような雰囲気を、たっぷり湛《たた》えている試衛館を閉鎖して、

「いっそのこと京都に行こう」

と政局の渦の真っ直中に飛び込む道を選んだのである。

近藤が感じている、

「個人の時代は終わったのか」

という言葉の意味を変えれば、

「個人の能力の限界を知る状況」

が、今京都で起こっているのかということになる。実はそのとおりだった。

明治維新の成立過程、あるいは志士の変遷史という流れの上で、多少事実を辿って

みれば、最初の、

「学者が憂国の論を展開し、国難解決のための提言を行なった時代」

に参画した人々は、古くは林子平《はやししへい》・高山彦九郎《たかやまひこくろう》・蒲生君平《がもうくんぺい》などいわゆる〝寛政の三奇人〟などに端を発する。やがて〝蛮社の獄《ばんしゃごく》〟に列して自ら命を絶ってしまった渡辺崋山《わたなべかざん》・高野長英《たかのちょうえい》・小関三英《おぜきさんえい》なども入るだろう。かれらはいたずらに議論を唱え、またオランダ学にかぶれたわけではない。

「迫り来る日本国の危機」

について真剣に考えたからだ。しかし当時の幕府にはこれを受け入れるだけの器量はなかった。

「市井《しせい》の無責任な学者どもが、勝手な論を唱えて人心を掻《か》き乱《みだ》している。不届きだ」

ということで、論の是非を問わずに処罰の対象にした。しかし、

「主体性を持つ一滴の水」

の群は、そんなことがあったからといってへこまない。やがて梁川星巌《やながわせいがん》・梅田雲浜《うめだうんぴん》・頼三樹三郎《らいみきさぶろう》・吉田松陰・橋本左内《はしもとさない》などのいわゆる、

「市井の学者」

たちが憂国の論を唱えはじめた。遊説して歩いた。実際行動にも出た。しかし保守

派の棟梁《とうりょう》として大老のポストに就いた彦根藩主井伊直弼は、

「いたずらに幕政を批判して世を惑わしている」

といって、これらの学者たちを一網打尽にした。安政の大獄である。が、それでこれらの説が抹殺されたわけではなかった。陰に陽に影響を受けた、

「行動する思想家」

が現れた。清河八郎・本間《ほんま》精一郎《せいいちろう》・真木和泉・平野《ひらの》国臣《くにおみ》そして坂本龍馬・中岡慎太郎などである。

しかし、文久三年の段階では、まだ近藤勇には見抜けなかったがもう一つ恐ろしいパワーがあった。それは、

「個人志士やそのグループの主張に共鳴しつつも、決して脱藩しない連中」

の存在である。今でいえば、

「最後まで組織人として生き抜く連中」

のことだ。この連中の恐ろしさがどこにあるかといえば、

「個人志士やそのグループの主張を、組織内に取り入れて、組織内改革を進める」

ということだ。長州藩の桂小五郎（木戸孝允）・高杉晋作・久坂玄端・寺島忠三郎《てらしまちゅうさぶろう》・伊藤俊輔《いとうしゅんすけ》（博文《ひろぶみ》）・山県狂介《やまがたきょうすけ》（有朋《ありとも》）・広沢真臣《ひろさわさねおみ》など、ほとんどが吉田松陰の松

下村塾に学んだ若者であった。薩摩藩でいえば、西郷吉之助・大久保一蔵（利通）などである。この連中は、

「脱藩すれば藩という大きな後盾《うしろだて》がなくなる」

という、

「個人的な身の保全」

という安全志向もあった。しかし本当の目的は、

「やがて藩そのものを、われわれの意思のとおりに動かしてみせる」

という絶大な自信であった。しかしこのことは裏返せば、

「個人の能力の限界」

を知っていることであり、

「個人の力は、所詮組織の力にはかなわない」

ということでもある。そのためにこの連中は、

「焦《あせ》らない」

という態度をとり続けていた。だからといって時勢の傍観者になったわけではない。

「自分たちの志が一日も早く実現できるように、仕掛けを急ぐ」

ということである。そしてこの連中の、

「仕掛けを急ぐ」

というやり方に対して、最も邪魔になるのが実をいえば、

「個人とそのグループ」

だったのである。この個人とグループには、当然自分の藩から飛び出して行った脱藩者も入る。しかし脱藩した以上は、もう藩の人間ではない。一介の浪人にすぎない。したがって、

「はじめから浪人だった連中と一纏《ひとまと》めに処理しても決して悔いはない」

という非情な気持ちを持っていた。この最後まで組織を捨てない人間から見れば、個人やそのグループは、

「一時代に役割を果たすとしても、結局は消え去る存在」

であった。もっとはっきりいえば、

「消えて貰わなければならない存在」

だった。その第一次掃討作業が、八・一八の政変であった。これによって、個人志士やそのグループとこれを支持していた長州藩が政局から追放された。しかし、八・一八政変を仕掛けた公武合体派は決して油断はしなかった。特に薩摩藩は油断しな

い。薩摩藩の片目は、長州藩に向けられていた。薩摩藩にとって、

「公武合体派として残ってはみたものの、ここが薩摩藩の真に身を置く場所ではない」

ということを知っていた。そう思わせたのは、その年の夏鹿児島湾で砲火を交えたイギリス艦隊の接近だ。正直にいって、薩摩藩はイギリスの海軍力に敗退した。がイギリス側では、

「薩摩藩は実にわが軍とよく戦った」

と賞賛し、急接近を求めて来た。イギリス側が薩摩藩に吹き込んだのは、

「今日本の主権者は征夷大将軍ではない。そのことは徳川幕府が主権政府だということではない。日本の主権者は天皇であり、主権政府は朝廷である」

ということだった。これにはびっくりした。しかし考えてみれば、長州藩ははじめからその主張をしていた。長州藩が一貫して、

「尊皇攘夷」

を唱えるのは、

「主権者は天皇である」

ということに基づいていた。だからこそ、徳川幕府が勝手に外国と条約を結ぶとす

「天皇の許可を得ろ」

と勅許を迫ったのである。イギリスはここに眼を着けた。そしてイギリスの高等政略では、

「この一点で、薩摩藩と長州藩を連合させることができる」

と考えた。イギリスはフランスに対抗していた。フランスは徹底した親幕態度をとる。これに抗するには、

「新しい政治パワーを育て、これに新政府を樹立させることだ。それは、天皇を中心とした雄藩連合政権である」

と考えていた。本来なら日本国に対する内政干渉なのだが、フランスへの対抗上イギリスも黙ってはいられない。イギリス側では日本語が達者なアーネスト・サトウという外交官に政治面における助言を、そして具体的な軍備の近代化については、長崎に拠点を構えるグラバーという死の商人を活用した。イギリスが薩摩藩や長州藩を高く評価したのは、両藩の、

「血の滲《にじ》むような経営改革」

についてであった。下級武士が主導して、都市の特権商人との癒着《ゆちゃく》を退け、直接の

生産者を優遇するこの改革は成功した。両藩共に大きな黒字を出した。イギリスが眼を着けたのは両藩のこの黒字だ。

「この黒字を活用することによって、両藩は十分近代的な軍隊を持ち得る」

と判断した。今のような日本の政治状況では、到底話し合いによる新政権の樹立など思いもよらない。

「いずれは武力行使の時代が来る」

しかし、国内戦争が起こった時に、外国が干渉するのは間違いだ。

「その時は潔く身を引く。しかし、そこへ至るまでの準備には口を出し、協力もする」

というのがイギリスの基本的態度である。

こうして、

「最後まで藩を飛び出さなかった志士」

の群れは、一斉にイギリスと結び付いて行った。やがてこれら雄藩と呼ばれる大名家に籍を置く志士たちが、国内に目を向けて、

「邪魔だ」

と思いはじめた存在が個人志士とそのグループである。さらに、これに参加してい

る脱藩者の群れだ。

醜《しこ》の醜草《しこぐさ》

おそらくこの当時の近藤が思い悩んでいたのは、こういう政治状況の変化に対する近藤自身の無力さだったろう。その無力さは、

「情勢に対する無知」

から来ていた。もちろん近藤も新撰組の局長なのだから、一組織のトップとして情報収集に怠りはない。が、所詮《しょせん》近藤が全生命を燃焼させていたのは、

「新撰組という組織の保持」

である。保持というのは守りのことだ。守りというのは、外へは打って出ないということである。本当なら、

「攻撃は最大の防禦《ぼうぎょ》」

のはずなのだが、当時の近藤には大きなものが欠けていた。それは現在でいう、

「グローバリズム」

である。地球的規模でものを考え、国際情勢の変化を次々と摂取して、

「その中で、日本国はいかに生きるべきか。自分たちはどう生きるべきか」

という、段階的な思考法を欠いていた。目は内に向けられている。ひたすらに朝廷から貰った新撰組という隊名を大切にし、組織を維持するためには、

「局中法度を最大限に生かす」

という隊内統制以外に視線が向かなかった。いわば、

「新撰組という小さな井戸の中の蛙《かわず》」

として近藤も終始していたのである。もともと近藤自身も、

「攘夷論者」

なのだから、

「外国事情に対して詳しい知識を求めよう」

などという気は全くない。これが、武芸者としての限界だったろう。

同じ攘夷論者でも、吉田松陰は、

「敵を討ち払うには、敵の力の程を知らなければならない」

といって、討つべき相手の実態を知ることに努力した。だからこそ、禁を犯して下田港からアメリカ艦に乗り込んで実地にアメリカに密航しようと企てたのである。そこまでの広がりは近藤勇にはなかった。しかしそうさせたのは決して近藤自身の罪で

はない。新撰組自身の置かれた位置が非情に不安定であり、孤立していた。

江戸で試衛館道場を経営している頃、道場は孤独だった。さすがに「江戸の三大道場」といわれた大道場の経営者たちは、そんな軽蔑の眼差しを試衛館には向けなかった。向ける必要がなかった。というのは、試衛館などかれらの眼中に無かったからである。わが世の春を謳《うた》っていた。しかし、他の道場から、

「時勢に遅れた五流道場」

と軽蔑の眼差しを向けられる試衛館一門にしては、たまらぬ日々であった。言い知れぬ屈辱に毎日身を焼いた。畜生畜生と叫びながら、道場で木刀を振り回した。あのころの悔しさは今も忘れてはいない。

「京都へ行けばそんなものは吹っ飛ぶ」

と勢い込んでやって来た。が、果たしてそうだったろうか。

新撰組という隊名を朝廷から貰っても、近藤の不安は去らない。去らないどころではなく、逆に増大した。それは二百数十人の隊士を抱えて、小さな大名家に匹敵するような組織を維持して行く上で、そのトップに立つ近藤の悩みはいよいよ深まったからである。それは、新撰組の置かれた状況への認識であった。ほとんどが好意的な眼で見てはいない。政局が江戸から京都へ移ったために、日本中の心ある大名たちのほ

とんどが「京都藩邸」を置いていた。そしてここに、「京都留守居役」を置いた。各大名家の京都支店長である。

この支店長たちはほとんどが心利き、如才《じょさい》がなかった。そして毎夜花街に集まっては情報交換をした。当然金が使われる。会議費・接待費・交際費などと称する費用が、湯水のようにざぶざぶと使われた。しかし国許《くにもと》の各藩は、進んでこれを工面した。というのは、

「京都藩邸で得る情報が、国許を生かしもし殺しもする」

という共通の認識があったからである。この、藩費を湯水のように使いながら情報収集に狂奔する京都藩邸の武士たちを、後年大ジャーナリストの大宅壮一氏は、

「藩用族」

と呼んだ。大宅氏が生存していた頃、会社の立場を有利にするため、ざぶざぶと社の費用を使って相手を接待する社員を、

「社用族」

といっていたからである。さらに後の世に使われた「官官接待」も、このジャンルに入るだろう。祇園《ぎおん》・木屋町《きやちょう》・先斗町《ぽんとちょう》などの花街は、まさに、

「官官接待の中心地」

だったのである。

しかしこういう傾向は、壬生村に屯所を置く新撰組にとっては縁の遠い話だった。近藤勇にもあまりそういう遊興心はない。また近藤は酒を飲まなかったようだ。これは、幕末ぎりぎりの段階で最後の将軍徳川慶喜（第十五代）が大政を奉還し、天皇が王政復古の大号令を下した後のことだが、つまり徳川幕府が消滅後のことだが、最後の将軍だった徳川慶喜が、近藤勇が病気に伏しているときいて、主治医の松本良順《まつもとりょうじゅん》を差し向けた。良順は丁寧に診察した結果、近藤にいった。

「胃がだいぶ弱っていますな」

「なぜでしょう？　わたくしは酒はたしなみませんが」

というと、良順は笑ってこう応じたという。

「酒ではありません。甘い物ですよ。菓子の食い過ぎです」

これには近藤も顔を赤くして苦笑したという。もし事実だとすれば、近藤はあまり酒席も好まなかったと思う。それに朴訥《ぼくとつ》な人柄だから、はっはっはと空《むな》しい高笑いをしながら、その笑いの隙間《すきま》を突いて、

「相手の考えていること」

を探り出そうとするような、高等戦術はかれには発揮できない。むしろ、そういう席が苦手だったに違いない。

一途に、

「京都市中の治安維持と将軍警固」

に全力を注ぐ新撰組にとって、京都の政情はまさに、

「無縁の渦」

であった。新撰組にとって無縁の渦というよりも、むしろ渦を巻き立て、その中で必死に活路を探している各大名家の京都駐在員にすれば、

「新撰組などというものは、何もわからぬ野良犬の集まりだ」

と見えたことだろう。武士の発生は、京都で行なわれた。藤原氏が栄耀栄華《えいようえいが》を極めている頃に、東国をはじめ全国から武士が徴用された。顎足《あごあし》自分持ちで京都に召し出された武士は、公家や御所の護衛の任を負わされた。この時の扱いは犬同様だった。公家たちは武士を犬としか見なかった。つまり、

「武士などわれわれの番犬だ」

と思っていた。そういう扱いしかしない。雨の日も風の日も雪の日も、武士は番犬のように公家の屋敷の前に立ち続けた。しかし、番犬にも感情はある。この時に味

わった悔しさは絶対に忘れられない。それが嵩《こう》じて、やがて平家を生み源氏を生む。武士が意思を持って主体性を形づくり、公家から離れて独立する。逆に公家を叩き潰すパワーを生む。今の新撰組の置かれている立場は、この頃の武士の発生時に似ていた。近藤たちの見る、

「京都にいる武士」

は、イメージからほど遠い武士だ。歯に衣《きぬ》を着せずにいえば、

「武士らしさをほとんど欠落させた存在」

だったのである。だからこそ新撰組の局中法度の冒頭に、

「士道ニ背キ間敷事」

と、武士道の設定を行なったのもそのためだ。しかし、それだけでは新撰組は保全できない。丁度、新撰組の屯所が洛外の水田の中にある壬生村に置かれているように、繁華な京都の都心部とは隔たりがあった。この距離は単に物理的なものだけではない。考え方にも相違を生んだ。ある意味で、多摩地域に似たような村里に屯所を置いていることは、近藤たちが江戸の試衛館にいて忘れることのなかった、

「士の精神・在野精神」

の保全に役立った。そういう気持を持ち続けるのには非常に程よい環境である。し

かし逆にいえば、

「それだけ中心地の情勢に遅れをとる」

ということでもあった。極力それを防ぐために、近藤は暇さえあれば土方たち幹部を連れて東山の黒谷にある金戒光明寺を訪ねた。大した用がなくても、用人の手代木直右衛門に会い、いろいろな話を聞いているうちに、

「なるほど、守護職は今そういうご苦労をなさっているのか」

ということを中心に、いろいろな情報を仕込むことができた。それを壬生に持ち帰って、幹部たちに話す。時には、

「暇なやつは、みんな広間へ来い」

といって、聞いてきたことを話す。これは近藤が、

「情報の共有」

に努力していることの現れだ。しかし近藤のそういう意図を、隊士たちがどこまで理解しているかは疑問だ。土方がよくこんなことをいった。

「おれが隊士に話をする時に、聞き方に四通りある」

土方のいう四通りの聞き方というのはつぎのようなものだ。
一、顔を青くしたまま、きょろきょろ辺りを見回して落ち着かない者

二、おれ（土方）の肩の辺りに視線を集中し、じっと耳を傾けている者
三、おれが話している間中、にこにこ笑ったり、頷いたりする者
四、途中で席を立ってしまう者
土方によれば、こういう反応を示す人間の心理は次のようなものだという。
一、おれの話の恐ろしさにビビってしまっている臆病者
二、話をしっかりと聞こうと努力する者
三、話の内容よりも、おれに対するおもねりとおべっかを使って、あなたの話はよくわかっておりますということの方に力点を置いている者
四、身に覚えがあって、おれの話で痛い所をグサリと突かれた者
土方によれば、

「こういう分類は、何もおれが始めたわけではなく、戦国の名将といわれた武田信玄がよくこんなことをいっていた。物の本で読んだことがある。しかし、この分け方は今でもあてはまる」

と笑っていた。これを聞いた近藤は、

「なるほど、そういうものかな。大したものだ」

と土方のクールな分析力に舌を巻いた。

この年（文久三年）十月十二日に、但馬《たじま》の生野で乱が起こった。八・一八の政変で京都から追い落とされた七人の公卿のうち、沢宣嘉《さわのぶよし》を総大将にして、浪人志士の平野国臣が副将として挙兵したものだ。しかし二日間で潰された。

「平野国臣のやつが、乱を起こしたとよ」

十月半ばにこの情報が新撰組にも入って来た。幹部たちは夜話題にした。平野国臣には思い出がある。土方が近藤にいった。

「平野の野郎はたしか、おれたちのことを〝醜《しこ》の醜草《しこぐさ》〟といいやがった」

「そうだったな」

土方の言葉に近藤は嫌な表情をした。八・一八政変の後に、守護職松平容保は新撰組に対し、

「京都に潜伏している過激浪士を徹底的に逮捕せよ」

と命じた。このことを屯所に戻って話すと、山南敬助が真っ向から反対した。

「なぜ、山南さんはいちいち局長の命令に反対するのだ？」

仁王のような表情になって土方歳三が食って掛かった。山南はこう応じた。

「潜伏している志士の中には、われわれと同じ尊皇攘夷論を唱えている者が多い。そういう人々を追うということは、同士討ちに等しい。やめた方がいい。新撰組の評判

を落とす」

「なにをいってやがる。おれたちが朝廷から命ぜられたのは、この京都の町を安泰に置くことだ。ドブ鼠のようにうろちょろ這《は》い回る過激派野郎は、片っ端からぶっ殺すに限る」

土方の態度は簡単明瞭だ。そして、そうだそうだと同調する隊士も沢山いた。山南敬助の方が少数派だ。しかし山南は臆さない。

「いや、わたしは断固としてこういう行動には反対する」

と言い張った。この山南の主張に共鳴する者もいた。結局、隊内は静かに二つに割れはじめていたのである。

近藤勇は、

「おれは理屈は苦手だ。出動する」

といって、情報を得るためにそこを急襲した。潜伏していた志士は片っ端から逮捕され、六角の牢に送り込まれた。

あるとき、

「平野国臣が木屋町の隠れ家に潜んでいる」

という情報が入った。当時平野国臣は、

「個人志士の大物」

だった。共鳴者も多い。それっとばかりに出撃した。ところが木屋町の隠れ家は空っぽで平野はいなかった。しかし空室に一枚の紙が貼ってあった。

「新撰組に与える」

と書いてある。

「なんだ?」

「やつはおれたちの襲撃を知っていやがったのか」

と、土方が悔しそうに呟きながら紙をむしり取った。読んだ。

「何て書いてある?」

土方歳三は字がよく読める。また自分でも俳句などを作る。京都に来てからこんな句を作った。

「しればまよい　しなければまよわぬ恋の道」

うまいとはいえない。大体恋を「しれば」などというのはどういうことだろう。「知る」の意味なのかあるいは「する」ということを「しれば」といったのかはっきりしない。しかし後段の「しなければ」という句から逆算して考えれば、やはり「しれば」というのは「すれば」の意味になる。幼い言葉の使い方だ。この句集をいつか沖田総司に発見され、沖田が無邪気にみんなに披露したので、真っ赤になって怒った土方が沖田を追い回したことがある。しかしいずれにしても、土方にはそういう文学的な素養もあった。だから平野国臣が書き残していった文を正しく読んだ。

「やつの作った歌だ。こう書いてある」

といって平野国臣の歌を披露した。

「こころよく　やがて実ながら刈り捨てん　ほこらばほこれ　醜の醜草」

土方は唇を歪ませて皮肉な笑みを浮かべた。

「よくいうよ」

せせら笑った。土方の読んだ平野国臣の歌の中で、「実ながら」は「見ながら」のことだろう。

「やがておまえたちをざまをみろといいながら気持よく眺めて刈ってやるぞ、いまのうちにほこるならほこれ、醜《みにく》い草よ」

という意味だ。

「しこのしこぐさって何ですか？」

沖田総司がきいた。

「む？」

目を上げた土方は上目遣いに近藤を見た。土方は直感で、

（この言葉はまた近藤局長を傷付ける）

と思ったので、ちょっとためらった。しかし無邪気な沖田は、

「教えてくださいよ、土方宗匠《そうしょう》」

とからかった。土方は、

「この野郎」

とまた俳句の時のことを思い出して拳《こぶし》を振り上げたが、やがて苦笑して説明した。

「醜の醜草というのは、草の中でも特に醜い雑草のことをいう。平野から見ておれたちは醜い雑草なのだろう。やがて刈り取ってやるといっているのだ」

「はあ、そうですか。おれたちは醜い草ですか、そうですか」

沖田は何度も、そうですかと繰り返した。沖田にしても、やはり腹が立ったのだ。しかし愛想のいい彼は、怒りを表に出すことはなかなかしない。若いくせに、年寄りじみた分別があって、そういうわれを忘れた感情を極力押さえ込む。このときもそうだった。

「ということです」

「無駄骨に終わりましたな。だれかが通報したのでしょう」

そういう土方の頭の中には、

(あるいは山南の野郎かも知れねえ)

という疑いが湧いていた。だれか心の通じた者を出して平野国臣に通報し、逃がしたのかもしれない。土方歳三の予想通りこの「醜の醜草」の意味を聞いて、近藤はまた深く傷付いた。その夜は長い間、じっと机の前に座り込んでいた。心配になった土方が覗《のぞ》いた。

「局長、寝た方がいいですよ。明日はまた忙しいんだ」

「ああ」

近藤は虚《うつ》ろな応じ方をした。土方はいった。

「昼間読んだ平野の歌を気にしているのなら、やめた方がいいですよ。あんな野郎が何をいおうとわれわれは知ったこっちゃねえ」

「うむ」

近藤の返事は歯切れが悪い。

(やっぱり気にしている。この人の悪い癖だ)

土方は嘆く。そして、

（そんな気の弱いことでは、新撰組の局長としてみんなを引っ張って行くことは出来ねえぞ）

と毒づく。近藤が弱気になればなるほど、土方が逆に鬼にならなければならないからだ。

「局長」

土方はいった。近藤はすぐにはこっちを向かない。が、土方がじっと自分を凝視している気配を感じたのだろう、やがて振り向いた。

「何だ？」

「江戸にいた頃、物知りから聞いたことがあるんですがねえ」

「どんなことだ」

「藤原氏が盛んな頃、東国から武士が公家の家の番犬に雇われました。否も応もなく、顎足自分持ちで都にやって来たそうです。そして、雪の夜も嵐の夜も、本当に犬そのままの姿で公家の野郎の護衛をしたそうです」

「知ってるよ」

近藤は投げ出すようにいった。土方は眼を光らせた。

「しかし、その番犬がやがては独り立ちした武士になったんでしょう」

「おまえさんは何が言いたいんだ？」

新撰組の局長と副長ではなく、昔の試衛館の仲間に戻ったような口調で近藤はきいた。土方は言った。

「今のおれたちは、都に雇われた番犬のようなものですよ。でも、いつまでも番犬の立場に甘んじちゃいねえ、必らず独り立ちの武士になろうじゃありませんか」

「……」

近藤はじっと土方の顔を見詰めた。土方も見返した。近藤の頬《ほお》がほぐれた。頷いた。

「なるほどな。今の立場は確かに都の番犬だ。しかしその番犬の子孫である源頼朝公も徳川家康公も、絶対に都では暮らさなかった」

「そのとおりですよ。東国の武士が都に入ると必らず公家の贅沢《ぜいたく》な暮らしの真似をして、堕落したからです。しかし今はそんなことは言っていられねえ。われわれは、この都の平安を守ることと、大樹（将軍）の護衛が役割ですよ。また大樹が、都にやって来るそうじゃありませんか。仕事が増えますよ」

「そうだってな。おまえさんの言うとおりだ、こんなことはしていられねえ。すまなかった」

近藤はそういうと、勢いよく立ち上がった。

「寝よう」

「そうしてください」

そうはいうものの土方歳三は、近藤が決して平野国臣のいった、

「醜の醜草」

といわれたことを忘れはしないだろうと思った。近藤が傷付いたのは、醜の醜草といったのが同じ浪人仲間だったからだ。政治的立場は、平野が、

「尊皇攘夷派」

に身を置き、近藤勇は「佐幕攘夷派」に身を置いている。尊皇と佐幕の差はあっても、近藤自身も決して尊皇心を失ってはいない。ややこしい思想だが、近藤や土方は、

「尊皇佐幕攘夷派」

なのである。醜の醜草と罵《ののし》ったのが、公家や過激志士や長州藩士だったらまだ我慢もできた。が、それが同じ浪人仲間の平野国臣だったことが悔しい。近藤にすれば、

「てめえたちからそんなことをいわれる憶《おぼ》えはねえ」

ということだろう。

が、土方が言ったように、

「今の立場を、藤原時代の武士に置き換えれば我慢できるじゃありませんか」

という言い方はわずかな慰《なぐさ》めになった。あの頃の武士は全部番犬と蔑《さげす》まれて、人間扱いを受けなかった。それに比べれば、まだ今の方がましだ。

近藤と土方は同じ部屋で寝る。枕を並べて寝に着くと、土方が、

「起きてますか」

ときいてきた。

「ああ」

近藤が応ずると、土方はこんなことをいった。

「番犬扱いに我慢のできなくなった平将門が、東国で乱を起こした気持ちもよくわかりますよ」

「……そうだな」

近藤は眠そうな声で頷いた。土方の声が遠くなったわけではなかったが、近藤自身、

「この問題を考えるのはもう沢山だ」

とうんざりしていたからである。眠気を装った。その後土方は何も言わなかった。

やがて、土方の静かな鼾《いびき》が聞こえて来た。近藤も目を閉じた。が、眠れない。近藤は思った。

「結局、おれが求めているのは、試衛館のあの平安な暮らしだったのかもしれない」

そんな気がした。そう思うと、無性に江戸の試衛館時代が懐かしくなった。他人からたとえ五流道場といわれても、あの剣術道場には平安があった。道場主の自分と門人たちとの一体感があった。天下国家がどう変わろうとにかく、

「おれたちは剣術一途に生き抜きゃいいんだ」

という気持で一致していた。近藤は思う。

（おれがいま壬生村で再現しようとしているのは、あの試衛館時代の気持なのかも知れない）

しかしそんなことは所詮見果てぬ夢だ。この政治地獄の中で、そんな夢の花を咲かせようにも、たちまち毒素が襲って来て茎を倒してしまう。花を咲かせる前に、茎の方が根こそぎ吹き飛ばされてしまうのだ。それ程京都では、汚染された政治の風が吹きまくっていた。

おれたちの出番だ

近藤が京都に来てからの自分の経験を分析して見て、

「個人の時代から組織の時代への移行」

という流れを感じたのはさすがだ。しかし、その個人から組織への流れを近藤は、

「自分たちと同じレベルの人間たち」

の動きでとらえていた。つまり個人というのは、志士であり、組織というのは藩のことであり、その藩を動かしているのは藩士だと感じていた。つまり京都の花街で毎晩のように官官接待を行ないながら、

「情報の収集合戦」

にうつつを抜かしている連中のことである。目線の高さでいえば、水平に見られる範囲の人間をとらえていた。が、実際にはもう少しハードルを上にあげた連中がいた。

「藩主あるいは前藩主」

である。幕末の一時期にはこれらの、

「藩主の時代」

が短い期間だが確かに存在した。それが、

「朝議参与」

の時代である。文久三年の暮に、八・一八政変のクーデターを起こし成功させた大名乃至は前大名たちが、

「朝政への参加」

を求めた。保守的な公家たちは、

「先例がない」

と反対したが、強引にクーデターに参画した大名たちは御所に押し入った。そして、

「朝議参与」

という前例のないポストを設けさせた。正式な朝議メンバーではないが、

「朝議に陪席して、場合によっては意見を申し述べることができる」

という特別な資格を与えられたメンバーである。一橋慶喜（将軍後見職）・松平容保（会津藩主、京都守護職）・松平慶永（春嶽、越前福井藩主・前幕府政治総裁職）・山内豊信

（容堂、前土佐藩主）・伊達宗城《だてむねなり》（前伊予宇和島藩主）そして年が明けた文久四年の一月には、島津久光（薩摩藩主の父）が任命された。

ペリーがアメリカ大統領の国書を携《たずさ》えて日本に来航し、開国を迫った時の幕府の責任者は老中阿部正弘《あべまさひろ》（備後福山藩主）である。二十代で老中（閣僚）に立身した阿部は、老中主座（総理大臣）になった時も若かった。しかしかれは思い切った策を執った。それはペリーが持って来たアメリカ大統領の国書を日本文化し、これを日本中にばら撒《ま》いた。そして、

「未曾有《みぞう》の国難である。意見のある者は遠慮なく提出せよ」

と告げた。崩壊前のソビエト連邦の責任者ゴルバチョフが行なった、

「ペレストロイカとグラスノスチ」

を、百余年前に阿部は断行したのである。これに対し猛烈に怒って反対したのが後に大老になる井伊直弼（彦根藩主）だった。井伊の言い分は、

「そんなことは三百年の間例がない。国民もそういう制度になれていない。誤った運用が行なわれれば、幕府の土台が崩れてしまう。それでなくても幕府を倒そうと狙う過激派のいい口実になる」

といった。ある意味で、この井伊の言い分は当たっている。それから十数年後に幕

府は事実倒壊してしまうからだ。

阿部の思い切った政策はそれだけではなかった。今まで譜代大名以外幕閣のメンバーになれなかった者を、

「外様《とざま》大名でも有能な者は入閣して貰う」

といった。今でいえば「保革連合政権」を実現しようとしたのである。特に阿部は、

「大海に面したところに領地を持つ大名は、すでに今までも外敵の脅威を体験して来ている。国防策に特段の意見があるに違いない」

といって、大海に面したところに領地を持つ大名、薩摩藩の島津《しまず》斉彬《なりあきら》・日本海の松平慶永・太平洋の山内豊信や伊達宗城などに声を掛けた。これらの連中は、

「幕閣改造だけでは済まない。将軍も国民の期待に添えるような人物を選ぶべきだ」

といって、水戸藩主徳川斉昭《なりあき》の七男で一橋家に入っていた慶喜を推し立てた。しかし、阿部正弘と島津斉彬が急死したために、せっかくの保革連合政権構想は幻の内閣として消え去った。代わって大老のポストに就いたのが井伊直弼である。井伊は阿部の計画を根底からひっくり返した。将軍には、

「能力よりも血の濃さの方が大事だ」

といって、紀州和歌山藩主徳川慶福《よしとみ》を立てた。これが現将軍家茂である。そして井伊は、

「次期将軍に一橋慶喜を推し立てようとしたり、あるいは幕政に対し批判的な意見を述べた者」

などに思い切った断圧を加えた。安政の大獄である。この時、阿部派の大名たちがほとんどその座を奪われ隠居させられてしまった。

今度朝議参与に任命された連中は、ほとんどが阿部派だった。そして安政の大獄によって、井伊から大名の座を奪われた連中ばかりである。その意味では、朝議参与はすべて、

「阿部正弘が実現しようとした幻の内閣のメンバー」

である。それが江戸でなく京都で蘇ったのだ。この朝議参与はそういう性格を持っていた。何の資格もない島津久光が、勅使の護衛隊長として江戸城に乗り込み、新しく幕府に「将軍後見職」と「政治総裁職」の二ポストを設けさせた。しかも、将軍後見職には一橋慶喜を、政治総裁職には松平慶永の任命を強要した。幕府首脳部は苦り切った。しかし島津久光の強引な要求を押し返すことはできなかった。そのために、一橋慶喜も松平慶永も、

「あの二人は、こちら側（幕府側）ではなくあちら側（朝廷側）の人間だ」

と囁《ささや》かれた。その〝あちら側〟の人間の中で、わずかに会津松平容保だけが、

「こちら側の大名」

だったのである。それは、島津久光の強要によって将軍後見職と政治総裁職が設けられた時に、幕府も巻き返しに出た。それは、

「このままだと、今後の国政は全部〝あちら側〟の人物に掻き回されてしまう。特に京都ではそれが顕著になる」

と警戒し、同時に次第に政局が京都に移りつつあったことを認識し、

「京都の渦の中に幕府側の太い杭を打ち込もう」

という目的で「京都守護職」の復活が企てられた。そして復活した守護職のポストに徳川家への絶対的な忠誠心を保って来た会津藩主松平容保が任命されたのである。しかし最近の松平容保は孝明天皇の受けがよく、天皇は容保を愛した。

「そちは、朕の誠忠なる臣である」

といって、天皇は二度も容保に感状を与えている。こういう現象に対して老獪《ろうかい》な幕府首脳部であれば、

「松平殿はなかなかよくやっている」

という眼で見るだろう。二条城にいる老中板倉勝静などはその口だ。しかし、反対の見方をする者もいた。たとえば肥前（佐賀県）唐津藩主の世子《せし》（相続人）小笠原長行《おがさわらながみち》などはプリズムをやや歪めて見た。

「あれほど徳川家への忠誠心を保持してきた会津殿も、結局は朝廷に取り込まれてしまったのではないか」

と懸念《けねん》した。孝明天皇が容保を信頼していることを、素直には見なかったのである。つまり、

「こちら側かあちら側か」

と、

「敵か味方か」

という短兵急なモノサシを当てて見た。小笠原たち強行派大名にとっては、やはり当時の京都の政局の変化が目まぐるしいので、どうしてもそういう見方をせざるを得なかったのである。小笠原長行は幕府内でも、

「対朝廷強行派」

であって、文久三年に上洛した将軍家茂が、一時期攘夷派の世論に囲まれて身動きができなくなった時に、かれは三千の軍勢を率いて、

「将軍救出」

の挙に出ようとした。さすがに二条城にいた板倉たちが止めた。それほど小笠原長行は真っ直ぐな気持の持ち主だった。したがって、会津藩主松平容保を除いては、他の朝議参与はすべてかつての〝阿部派〟だと言っていい。それは、一橋慶喜を次期将軍に推し立てたグループだ。が、この頃その派が今でも、

「一橋殿を将軍にしよう」

と考えていたかどうかはわからない。この朝議参与システムを主張したのは実は一橋慶喜だった。慶喜の仕掛けは、

「この際、われわれの方が攘夷派の先手を打って、横浜鎖港を実現しようではないか」

と言い出したのである。これは捻《ひね》った案だった。それは、本来朝廷側からすれば、

「攘夷は幕府の手によって実行せよ」

とずっと求め続けている。それを慶喜は一拍置いて、

「朝議の決定にしてもらおう」

と企んだのである。今まで幕府は、

「源頼朝以来、日本の政権は武家に委任されてきた」

と、

「日本の主権政府は幕府である、すなわち武家政府である」

と主張してきた。だからこそ、

「外国とどういう条約を結ぼうと、それは幕府の責任において為すべきことであって、いちいち天皇の許可を求める必要はない」

という強硬論者もいた。しかし世論にそんな理屈は通用しない。澎湃《ほうはい》として、一滴の水が集まって激流となり、一本の草の根が集まって大草原となった攘夷論は、たとえ過去がそうであっても、今は違うという論を立てる。慶喜は、

「それならば、世論を重んじて攘夷実行を朝議で決定してもらおうではないか」

と屈折した論を立てた。一種の責任回避かもしれない。その案の心の底には、

「朝議で決定すれば、今度は攘夷実行は朝廷の責任になる。果たして、朝廷の主導で攘夷が実行できるのか」

という尻をまくった巻き返しでもあった。

この案に、他の朝議参与は乗らなかった。というのは、前にも書いたように他の大名たちはほとんどが、阿部派であって、井伊直弼によって安政の大獄で罰された連中だ。したがってこの連中は、阿部の開明政策に賛同し、はっきりいえば、

「開国派」

である。

「いまさら一旦開いた港を閉じるわけにはいかない」

という良識論を唱えた。一橋慶喜には面白くない。

(かつて自分を将軍に推し立てようとした連中が、すでに心変わりしてしまった)

と感じた。これは当たっているかもしれない。開明派大名たちは、近頃の一橋慶喜の政治行動を見ていて、

「どうも思いつきで策に走りすぎる」

という感じを持っていた。したがって、

「今、何が何でも一橋慶喜を将軍にしなければならないという理由はない」

と思っている。それは、井伊直弼が強引に将軍に推し立てた十四代目の徳川家茂が、公平に見て、

「若いけれどよくやっている」

と評価できたからである。家茂は素直な人物だ。そのために、孝明天皇もこの義弟を非常に愛した。信頼もした。もちろん、皇妹和宮を降嫁させる時も、

「攘夷実行が条件である」

と命じた。家茂はこれを受けた。だからこそ文久三年の春に上洛して、

「攘夷期限を文久三年五月十日といたします」

と奉答したのである。その後の八・一八政変直後に、孝明天皇が、

「今までの叡慮《えいりよ》は下より出るものであって、朕の正しい意思ではない。これからの叡慮が正しいものである」

と前言を翻《ひるがえ》すような異例の宣告を行なったのも、その半分は、

「義弟将軍家茂の、素直な対応」

に心証をよくしたからだろう。家茂の素直な姿勢が大いに帝の心を和らげるのに役立っていた。この辺は理屈ではない。日本的美風である、

「人生意気に感ず」

あるいは、

「以心伝心」

でありさらにいえば、

「あ・うんの呼吸」

である。どんなに科学が発達し、理屈が先行するような世の中になっても、日本人の心の底には、

「この人物のやることなら絶対に信用できる」

という相手に対する〝なら〟という気持ちは決して消えない。孝明天皇と徳川家茂の関係がまさにそれだった。孝明天皇は、

「義弟家茂なら絶対に信頼できる」

と考えていたし、家茂の方も、

「この帝のためなら、身命を賭《と》そう」

と尊皇心を湧き立てていた。短い期間だったが、この両者の関係は幕末に咲いた美しい一輪の信頼の花だったといっていい。孝明天皇も家茂も維新前に、急いであの世へ旅立ってしまう。毒殺説が絶えない。あるいはそういう事情があったのかもしれない。幕末に生きた政略家たちにとって、

「信頼の美学」

は不要だ。

「権謀術策の醜学」

だけが罷《まか》り通った。つまり、

「目的のためには手段は選ばない」

という風潮が、京都に蝟集《いしゅう》した政略家たちの共通認識であった。それに比べれば、

文久三年末から文久四年新春にかけてわずかな期間実現した、

「藩主の時代」

は、まだまだ透明で筋の通ったものだったといっていい。論点ははっきりしていて、

「横浜鎖港を実行すべきである」

という一橋慶喜の主張と、

「いや、一旦開港した港を閉じるなどということは国際信義に悖《もと》る」

という開明派大名たちとの争いである。しかし藩主たちは殿様だ。坊っちゃんだ。それぞれが抱えている家臣たちのような悪ずれはない。悪辣《あくらつ》さもない。そのために、多少は、

「相手の立場に立って物を考える」

という余裕を持っていた。しかし、こういう緊迫した問題に対して、余裕を持った態度では結論は出ない。せっかく作った朝議参与制度も、春には簡単に解体してしまった。参与大名たちは、それぞれ自分の領地に戻って行った。この状況を、各藩の京都留守居役を中心にした家臣団は皮肉な目で見ていた。参与会議ができた時に、みんなびっくりした。

「殿様連中が何をはじめる気だ？」

と、京都の花街で酒席を開いては問題にした。が、政略に長《た》けた連中は軽挙妄動はしない。

「どうせ殿様たちのやることだ。暫《しばら》くお手並み拝見と行こう」

と合意して、静観した。案の定、朝議参与は簡単に解体してしまった。藩主が帰国した後、政略家たちは酒席に集まって大いに酒杯をあげた。

「いわぬことではない。政治はお遊びではない。殿様たちもさぞかし懲《こ》りたことだろう」

と笑い合った。そして、

「いよいよ、おれたちの出番だ」

とそれぞれが、改めて競争心を掻き立てた。

近藤勇が感じていた、

「個人から組織への移行時代」

の過程には、少なくとも短期間、

「藩主の時代」

が存在した。しかしそれは成果を生むことなく呆気《あっけ》なく消えた。各藩の政略家たち

はほとんどが下級藩士だ。指揮命令系統がまだ秩序立っていたときに、いきなり戦国時代のような、

「下剋上」

は行なえない。虎視眈々《こしたんたん》とその機会を狙ってはいても、下級武士たちは一様に、

「手順は踏む」

という態度を守り続けていた。それはよくこの当時、

「藩論を統一する」

ということがいわれ、同時に行なわれたことがそれをよく物語っている。藩論を統一するというのは、

「うちの藩は一枚岩だ」

ということを他に誇示することが必要だったからだ。つまり、

「統一された藩の力はこれほど強い」

といういわば〝藩力〟を示すデモンストレーションでもあったからである。藩論がばらばらに割れていたのでは、力が相殺される。そうなれば脇から見ていても、

「何だ、あの藩は全くまとまりがないではないか」

と馬鹿にされる。したがって、藩内にいくら反対分子がいても、それを表に出すこ

とはできない。巧妙に偽って、

「うちはこのように一枚岩で結束している」

と言い合うことが、当時の京都における政略でもあった。特に、

「どんなことがあっても、絶対に脱藩しない」

と藩組織にしがみつく政略家たちにとっては、これは大切なことである。逆にいえば、

「そのために藩から出ないのだ」

ともいえる。

朝議参与は解体したが、しかし一橋慶喜の強硬な意見によって、将軍家茂は再上洛した。そして、二月十四日に、

「横浜鎖港」

を奏上した。朝廷はこれを是とし、大いに議論が張られた。一橋慶喜は大坂に外国公使を集め、このことを通告した。イギリス・フランス・アメリカ・オランダの四国は、絶対反対の共同意思を覚書きとして幕府に通告した。土台、一旦開いた港を閉じるなどということができるはずがない。一橋慶喜の思惑では、

「不可能なことは十分に承知している。しかし、日本国側が横浜鎖港を強行すれば、

あるいは戦争になるかもしれない。その時にはじめて、朝廷が口にしている攘夷を実行しなければならなくなる。そこが正念場で、もう一段階、実際に攘夷を行なうのかどうかという瀬戸際にわが国が追い込まれる。その際困るのは、幕府ではなくむしろ朝廷だ」

と踏んでいた。つまりかれが、

「横浜鎖港は朝議の決定である」

ということを盾にとれば、今度は責任が朝廷に行く。一橋慶喜は政略的にそう企てていた。

池田屋襲撃

こんな次元での丁丁発止の政略とは別に、地べたの上を這《は》いずり回る新撰組は、再上洛した将軍家茂の警固を務めていた。合わせて、京都市中の治安維持にも走り回っていた。山南敬助からいわせれば、

「藤原時代の情けない番犬の日々」

を送っていた。その番犬が牙を剝《む》く日がやって来た。

新撰組の治安維持活動は、当然、

「情報収集」

が大きな手段になる。新撰組内にも、

「探偵方」

のようなポストがつくられ、山崎烝が中心になって、諜報活動を行なっている。その山崎が、

「四条小橋で古道具屋を営む桝屋喜右衛門《ますやきえもん》という商人がどうも怪しい」

と報告した。近藤と土方は、すぐ一隊を桝屋へ差し向けさせた。踏み込んで桝屋を捕らえ、店内を捜索した。沢山の武器や密書が発見された。桝屋を屯所に引っ立てて訊問すると、かれは、

「江州（近江。滋賀県）の古高俊太郎である」

と姓名だけを告げた。しかしその他のことは一切白状しない。そこで今、製袋業を営んでおられる田野家所有の旧新撰組屯所の蔵（三階式）の天井から古高を逆さに吊した。今この蔵はそのまま保存されている。二階三階の上げ蓋《ふた》を取ると、三階から一階へ真っ直ぐつながる。古高はそういう形で吊された。そして、土方歳三が先に立って、逆さに吊された古高の足の甲から裏へ五寸クギを突き刺し、蠟燭《ろうそく》を立てた。灯を付けた。あまりのことにさすがに古高も吐いた。

それによると、

・風が激しい日に、京都から放火する

・驚いて参内する京都守護職や、幕府に親近感を持っている中川宮を殺す

・壬生の新撰組を襲う

などという計画を白状した。近藤たちは驚いた。特に、かれらの計画の中に、

「新撰組を襲う」

と一項目があったことに目を剝いた。

「おれたちも、そこまで恐れられるようになったか。大したものだ」

原田左之助などは、愉快そうにカラカラと笑った。計画の詰めを行なうために、近く在洛の志士たちが旅宿に集まるという。

「集まる場所は？」

と責め立てた。しかし古高は、

「三条小橋の池田屋か、四国屋だ」

というだけで、

「どっちだかはっきりしろ」

と追及しても、

「それ以上はわからない」

と首を横に振り失神した。

「ちっ」

と舌を鳴らした土方は、

「もうこれ以上は無理だろう」

と諦《あきら》めた。

「局長、どうしますか」

明日は丁度、京都の市民が、祇園さんと呼んでいる祇園さんの宵宮《よいみや》になる。祇園祭りが迫っていた。これが六月四日のできごとだった。

「出動する」

近藤はためらわずにいった。

「もちろん、守護職・所司代・町奉行所にも通告する。できれば、佐幕諸藩の援兵も頼みたい」

「すぐ使いを出します」

土方はきびきびと動いた。

「しかし、どっちを襲いますか」

池田屋ですか四国屋ですかときいた。近藤は、

「両方襲おう」

といった。

「兵力が分散しますよ」

「やむを得ない。おれは、養子の周平・沖田（総司）・永倉（新八）・藤堂（平助）たちを連れて池田屋へ行く。副長は、あとの人数を連れて四国屋へ行ってくれ」

「そんな少人数で大丈夫ですか」

「頑張ってみる」

こういう時の近藤は普段とは違う。土方から見ても、

「頼もしい大将だ」

と思える。たとえ三流五流の道場であっても、やはり道場主であった時の貫禄《かんろく》が物を言う。

「人を指揮した人間と、された人間の差」

が歴然と現れるのだ。近藤が自ら率いるといった五人の中で、養子の周平は、二条城にいる老中板倉勝静から頼まれた若者だという。また藤堂平助は、

「藤堂和泉守という大名のご落胤《らくいん》だ」

と噂されていた。とすれば、近藤勇は自分が預かった、

「大名家の若者」

を自分の手勢として率いるのは、逆にいえば、

「子犬のような若者を、自分の手で守り抜こう」

と考えた節がある。近藤は優しい男だった。

「由緒ある若者を、修羅場へ出すのだから、自分が親犬のような気持ちで見守ろう」

と考えた。その代わり土方の方には自分の率いる少数の隊士以外の大半を預けようという。この辺も、土方に対するいたわりだった。

こういう分け方をしても、しかし依然として過激志士たちが集まるのは池田屋なのか四国屋なのか判明しなかった。

この頃、新撰組には二百人近い隊士がいたが、実際に出撃に参加したのは三十数人である。これは、後に京都守護職や、老中板倉勝静から渡された、

「報償費の配分」

によって知れる。死傷者三人を合わせ、三十四人だ。これが、当夜の出撃人数である。他の連中は参加しなかった。その中には山南敬助のように、

「この襲撃は、同じ志を持つ人間に対する同士討ちだ」

という反対者もいた。つまり、

「われわれも尊皇攘夷論者ではないか。いかに過激とはいえ、同じ尊皇攘夷論者を襲うわけにはいかない」

というのが山南の説だ。土方は怒った。

「裏切りだ、切腹しろ」

と息巻いた。しかし近藤は、

「出撃前にそんな争いはやめろ。わかった。行きたくない者は来るな。おれたちだけで行く」

物分かりの良さを示して、

「集合は午後八時、場所は八坂神社の手前にある祇園会所だ。日立たぬように、三々五々見物人を装って行け」

と命じた。このことはすぐ守護職・所司代・町奉行所などにも通知された。したがって新撰組側にすれば、

「襲撃軍の集合は午後八時」

と認識した。

祇園祭りの見物客を装いながら、三々五々何食わぬ顔で祇園会所に集まった新撰組隊士は、その後じりじりしながら援軍の到着を待った。しかし、一向に来る気配がない。午後九時過ぎになっても、守護職からも援兵は来なかった。土方が近藤にそっと囁いた。

「見殺しにする気ですな」

「なに」

土方の言葉の意味がわからないので近藤は眉を寄せて土方を見返した。土方はいっ

た。

「志士と新撰組を掛け合わせて、自滅させる気ですよ」

「……！」

近藤は驚いて目を見張った。

「まさか」

と呟いた。土方は首を横に振った。眼の底が燃えている。それは、約束の時間になっても一向に現れない幕府軍に対する不審の現れであった。土方は自分の言葉を信じていた。

・幕府軍は絶対に来ない
・襲撃はおれたちだけにやらせる
・向こうの人数はどのくらいなのか分からない
・しかし、両者を激突させれば、互いに死傷者が出る。それが、幕府首脳部の狙いだ
・したがって、場合によっては今夜新撰組は消滅する

土方の頭の中で組み立てた論理はこういうことだった。そう思うとかれは腹の底から怒りが湧き立って来た。

「局長、行きましょう」

土方は近藤を促した。近藤も頷いた。この時になってはじめて近藤も、土方の言葉の正しさを感じた。

（そうか、幕府の首脳部はおれたちの自滅を策しているのか）

その通りに違いないと思った。そうなると近藤の胸の中には土方以上の闘志が湧きあがって来る。それは、

「疎外された者のひがみといじけの発火物」

である。しかし、パワーというのは、人を愛するよりも、人を憎んだりいじけたりひがんだりする時の方が強力になる場合がある。この夜の近藤勇がそうだった。近藤は、

（よし、だれも頼りにはしない。おれたちだけで、過激志士を退治してやる）

と思った。が、そんな思いは隊士たちには告げない。一言、

「出陣」

といった。鴨川の畔に出て、両岸を溯行《そこう》した。やがて、五条の大橋を渡って合流し、四条辺りまで来た時に二手に分かれた。土方隊は、駆け足で四国屋へ向かって走りはじめた。近藤は残った四人を率いて、大股に池田屋に向かった。この夜の激闘の

様子は、多くの本が書いているので省略する。

しかし、新撰組はよく戦った。四国屋にはだれもいなかった。池田屋に集結していた。ここに三十数人いた。ほぼ襲った新撰組側と同人数である。しかし、新撰組側は死者一人、負傷者数人という軽微な損害であったのにもかかわらず、志士側は死者七人、被捕縛者二十数人だった。逃げ延びた者はほとんどいなかった。逃げても、ようやくこの頃出動して来た守護職・所司代・町奉行所・親幕大名家の軍勢などによって妨げられ、その場で逮捕されるか殺されるかした。

乱闘が終わった後に、幕府側諸勢から、それぞれ協力の申し入れがあったが、新撰組は断った。

「始末は自分たちでやりますから」

といって、それぞれの軍からの使者を追い返した。腹が立っていた。

「今頃になって、何をのこのこ出てきやがったんだ!」

と、原田左之助などは聞こえよがしに怒鳴った。やって来た使者はきまり悪そうに首を縮め去って行った。中には、

「どうか、一杯やってください」

と酒樽を届けに来たところもあった。が、隊士のだれかが、

「ふざけんじゃねえ」

といって樽を蹴飛《けと》ばした。

「勿体《もったい》ない、戴《いただ》こうじゃないか」

というようなさもしい声を上げる隊士は、この夜はさすがに一人もいなかった。後片付けは未明までかかった。片付け終わった隊士たちは、それぞれ思い思いの場所で体を休めた。しばらくそんな時間を与えた後に、近藤は土方に、

「みんなを集めろ。壬生へ戻る」

と告げた。血だらけ、泥だらけになった衣服のダンダラ羽織のまま、新撰組は整列した。近藤はいった。

「胸を張れ。堂々と壬生村へ戻る」

「おう！」

頼もしい喚声《かんせい》が上がった。思わず近藤の胸に熱いものが込み上げてきた。こんな思いをしたのははじめてだった。近藤はこの時、

「はじめて、隊士の気持ちが一つになった」

と感じた。夜明けの町を、新撰組は堂々と隊を組んで壬生村へ歩いて行った。騒動の噂が町中を走っていたので、沿道は見物人で一杯だった。囁き声が聞こえた。

「人斬り新撰組や」

「壬生の狼や」

決して感嘆の声ではない。畏れの声だった。しかし近藤は、

（これでいい）

と思った。それは、

（この事件によって、町の人間が、新撰組の存在意義を決めてくれるのだ）

と感じたからである。しかし、いい気持ちはしない。壬生の狼だの人斬りだのといわれて、喜ぶ奴がどこにいるだろうか。近藤の胸の中に、木枯らしのような風が吹き立った。しかし近藤は、

（これがおれたちの行く道なのだ）

とはっきり感じた。そして、芹沢鴨がいっていた、

「近藤さんは笛吹きだ。隊士をどこへ連れて行くのかね」

という問い掛けに、今ははっきり答えることができる。

「おれが連れて行くのは狼の道だ、人斬りの道だ」

近藤は虚空にいる芹沢に向かってはっきりそう告げた。しかし胸の中では言い様のない憤懣《ふんまん》の炎が燃え盛っていた。

それは、約束の時間までについに出動して来なかった守護職・所司代・町奉行所及び佐幕諸藩の大名軍に対する不審の念である。怒りの念であった。特に松平容保の率いる京都守護職軍の出動が全くなかったことに、近藤は悲憤を覚えていた。

「会津様までおれたちを見放したのか?」

松平容保に叩き付けたい気持ちで一杯だった。

温和で品のいい松平容保の顔が浮かんだ。近藤は考えた。

(おそらく、守護職様はご自身の意思ではなく、幕府側の合意によってそうせざるを得なかったのだろう。あの方が、新撰組にそんな冷たいあしらいをなさるはずがない。特に、おれたちに対しては絶対にそんなことはなさらないはずだ)

近藤にはまだまだ、

「自分がこうと思い込んだ人間は絶対に信じ抜く」

という人のよさがある。その人のよさからすれば、たとえ午後八時という約束の時間に出動して来なくても、少なくとも守護職松平容保だけは、はらはらしていたに違いないと思う。いや、そう思いたかった。そう思わなければ、居ても立ってもたまらない気持ちが募《つの》る。しかし、松平容保だけを別格に考えても、この日の、

「幕府側の本音」

は、ありありと見えた。土方歳三がいったように、

「今夜をいい機会にして、幕府首脳部はおれたちを絶滅させようと企てている」

という見方は当たっていた。少なくとも、近藤勇以下江戸の試衛館にいた連中は、土方と同じ気持を持った。そのために、以後のこれらの連中の顔付きは厳しくなった。より精悍《せいかん》になり、より胸の内の意思を顔の表皮に滲《にじ》ませるようになったのである。

近藤はそれぞれの幹部の表情を、

（こいつらもひがみといじけの気持で突っ張っているのだ）

と感じた。

(あの日の悔しさがその後の新撰組を生かすバネになった)

今、板橋の政府軍の牢に入れられて裁きを待ちながらも、近藤はしみじみとそう思う。

(思えば池田屋事変の前後が、新撰組にとっては一番いい時だったのかもしれない)

と思う。これもまた、

「あの頃はよかった」

という追懐の一つなのだろう。

「考えてみれば、あれ以後新撰組にはろくなことはなかった」

と思える。そのろくなことのなかった歴史を辿ってみれば、結局は、

「隊内の秩序維持のための粛正に次ぐ粛正」

がいつの間にか本業になってしまった。そのため隊内には、

「疑心暗鬼」

の風潮が横溢《おういつ》し、互いに相手を疑うような嫌な雰囲気が深まって行った。そしてちょっとしたことでも、すぐ探偵方に密告するという悪風がはびこった。どれだけの隊士が粛正されたかわからない。池田屋への襲撃を、

「同士討ちになるからやめてほしい」

と出撃をとどめ、自らは参加を拒否した山南敬助は、池田屋事変の後に徹底的に孤立してしまった。それまでは、温和な人柄で隊士のいわば、

「人生相談」

に応じることによって、存在意義を保っていた山南敬助が、池田屋襲撃によって新撰組に対し、

「壬生の狼・人斬り新撰組」

の悪名を課せられると、憤激の極に達した。

「だから言わないこっちゃない」

と居丈高《いたけだか》に、自分の正しさを主張した。これに対し、真っ向から立ち向かったのが土方歳三である。土方は山南の態度を、

「局中法度にある局を脱するを許さずに当てはまる。切腹ものだ」

と罵った。かりそめにも隊の総長のポストにある者が、隊の方針に従わなかったの

は明らかに、

「脱走と同罪だ」

というのだ。この対立はいよいよ深まった。半年後の慶応と年が改まった直後、山南はついにいたたまれず脱走してしまう。明らかに、

「局ヲ脱スルヲ不許」

という法度に違反したのだ。近藤の命令で、山南の逃亡先である大津（滋賀県）まで追いかけた沖田総司が連れ戻してきた。憔悴《しょうすい》仕切った山南は、近藤から、

「局中法度違反につき切腹を命ずる」

と言い渡された。山南は悪びれずに、

「有り難き幸せ」

と一礼して、潔く切腹の座についた。介錯《かいしゃく》は沖田総司が行なった。雪がちらちら降る日で、この日、切腹の行なわれた前川邸の出窓の外では、その雪の中に山南の恋人明里という島原の遊女上がりの女性が、じっと立ち尽くしていた。

不祥事によって粛正される隊士が増えた。入隊者には変わり者が多かったが、当時の開国論者で有名だった佐久間象山《さくましょうざん》の遺児で三浦啓之助《みうらけいのすけ》と名乗る若者もいた。しかし、父象山の名を鼻にかけて増長の振る舞いが多く、やがて幹部の間では、

「三浦を粛正しよう」

という声が起こった。逸早《いちはや》くそれを知った啓之助は恐れて父の故郷である信州（長野県）松代《まつしろ》へ脱走した。本来ならこれも脱走の罪によって切腹させられるところだが、近藤は、

「田舎へ戻ったやつまで追うな」

と止めた。色恋沙汰《いろこいざた》も多かった。柔術の達人で隊長だった松原忠司は、喧嘩で殺した相手の妻と懇《ねんご》ろになり、切羽詰まって心中してしまった。田内知《たうちとも》は、自分の妾と密通していた水戸の藩士に逆に斬って掛かられ負傷した。これは、

「士道不覚悟」

ということで、切腹させられた。つまり、

「士道ニ背キ間敷事」

という局中法度の第一条を適用されたのである。文学の指導役で隊長を務めていた武田観柳斎は、

「長州藩の間者《かんじゃ》ではないか」

と疑われて、尋問され反証できずにこれも殺された。馬詰柳太郎《まづめりゅうたろう》という美青年がいたが、壬生村の素人の娘を妊娠させて脱走してしまった。佐々木愛次郎《ささきあいじろう》という美少

年も、恋仲になった娘を連れて逃げようとするところをみつかり、殺された。

こういう状況を見ていた近藤は、次第に嫌気がさしてきた。そして、

「結局は、新撰組への入隊者に上方の武士が多いからだ」

と考えるようになった。かれには素朴な信仰があった。それは、

「武士は東国に限る。これは鎌倉以来の伝統だ」

という考えだ。つまり、鎌倉に幕府を開いた源頼朝が、常に警戒したのは、

「武士の公家化」

である。頼朝は、

「武士が京都に入ってその生活に馴染《なじ》むと、必らず堕落する。武士の初心原点を忘れる。京都は危険な町だ」

と警戒していた。自分の従兄弟である木曾義仲や、弟の源義経たちがそうだった。かれらは京都に入り、そこに居着いて京都の生活をエンジョイしはじめると、結局は武士らしさを失い、公家と同じような存在になってしまった。

「だからこそ、おれはかれらを憎んだのだ」

と頼朝は言う。近藤勇にもそういう考えがある。その意味でかれは、

「おれたちは京都の中にいるけれど、壬生という洛西の農村に住んでいるからこそ、

武士の初心を保っていられるのだ。これが、祇園や木屋町辺りの中心部に屯所を設けたら、必らず生活は乱れたに違いない」

と思っていた。しかしそれにしても不祥事が多すぎる。これは本当なら、

「新撰組の向かうべき方向」

が、池田屋事変以来、

「組織ぐるみの人斬り化・隊士たちの狼化」

に限定されてしまったために起こっている現象なのだが、近藤はそのことには触れない。

「そうなってしまったのは事実だ。この事実に従って新撰組は生きて行くより仕方がない」

と思っている。土方や沖田や原田あるいは永倉などは喜んでいる。

「これですっきりした。新撰組は人斬りでいい。狼でいい。それだけ、敵に恐れられる」

と嘯《うそぶ》いている。すっきりしないのは近藤だけだ。あるいは、隊内の攘夷論者たちだろう。

「武士は東国に限る」

という信念を実証するために、江戸に行った近藤は、諸所を説いて回って、新しい隊士を連れて戻ってきた。常陸（茨城県）の志士伊東甲子太郎とその実弟鈴木三樹三郎たちはその成果である。伊東はそれまで江戸で剣術の道場を開いていた。門人も結構いた。だから、希望する門人は一緒に連れて来た。しかし近藤が深く考えなかったのが、伊東甲子太郎が、

「熱烈な尊皇攘夷論者」

だったことである。伊東も新撰組の存在は知っていたに違いない。そしてその前身が文久三年に幕府が募集した中山道の特別警固浪士隊であることも知っていただろう。そのことを知っていれば当然、清河八郎の行動も知識の中にあったはずだ。清河八郎は、近藤たちを除いて江戸に戻った。この時は、朝廷からも、

「攘夷の志厚き有志」

として高く評価された。しかし江戸に戻った清河はまもなく暗殺された。伊東甲子太郎の胸の中にはあるいは、

（清河さんの意志を継ごう）

という気持があったに違いない。そう考える伊東にとって新撰組は、

「仮の宿」

であって、根を下ろしてまで行動しようとは思わない。ましてや尊皇攘夷派の同志を、斬ったり殺したりするような真似はしたくない。近藤は伊東甲子太郎をいきなり、

「新撰組参謀」

に任命した。この時は山南敬助がまだ生きていた。参謀職は山南の総長職を越えた。同時に伊東のはっきりした尊皇攘夷論は、くすぶっていた同じ志を持つ隊士たちをたちまち集めた。それだけ伊東にはいわゆる〝求心力〟があった。これが山南には面白くなかったに違いない。山南もはじめは、

「伊東先生、伊東先生」

といって接近した。しかし伊東は必らずしも山南を歓迎しなかった。それは江戸の試衛館以来近藤にぴたりと密着して来た山南の行動を、あるいは、

「口に尊皇攘夷論を唱えても、根は不純だ」

と見ていたのかもしれない。山南は拒絶された。その絶望もあって、山南は脱走したのだろうか。

やがて伊東甲子太郎は、自派の勢力がある程度新撰組内に構築されたのを知ると、ある日突然、

「分離したい」

と申し出た。新撰組を出て、別に組織を編みたいというのだ。しかし、

「新撰組の精神はそのまま保つ」

と妙なことをいった。土方は怒った。そして、

「明らかに、脱走だ。腹を切らせましょう」

と近藤に迫った。が、どういう負い目を持っていたのか近藤は伊東たちの分離を認めた。近藤には、学識者への劣等感があって、伊東のように弁舌爽《さわ》やかな人間に出会うと竦《すく》んでしまうところがあった。この時がそうだった。土方は悔しさに唇を嚙《か》んだ。しかし近藤は伊東たちをそのままには済ませなかった。やがて、京都市中の油小路というところで、伊東を暗殺する。そしてその遺体を四《よ》つ辻に晒《さら》して、一味の出現を待った。案の定、飛び出て来た伊東派の連中は、待ち構えていた新撰組隊士によって殺された。その中に藤堂平助がいた。藤堂平助は、いつの間にか伊東の尊皇攘夷論にかぶれ、近藤たちから離れていった。近藤は胸が痛んだ。この時暗殺隊にいた永倉新八が、わざと逃げ道を空けて、

「藤堂、逃げろ」

と勧めたが、藤堂は笑って首を横に振った。そして斬り死にした。こういう現象も

近藤を寂しがらせた。近藤は人がいい。だから、多くの隊士たちから、

「局長、局長」

といわれている時は嬉しい。しかし、自分に反対したり、背いたりして、その心が離れて行くと近藤は深く傷付く。

「局長というのは、山の上の一本松でしょう。風当たりが強いのは当たり前ですよ。耐えてください」

落ち込んでいる近藤を見る度に、土方はそう言って励ます。近藤もその通りだと頷く。しかし、胸の底に溜《た》まった侘《わび》しさはどうしようもない。つくづくと、

(おれには人を引っ張って行く徳がないのか)

と自分自身を責める。それは、

「結局は、おれは試衛館という江戸の三流道場の道場主でしかなかったのだ」

という自覚だ。二百人も三百人も、いってみれば、

「小さな大名家」

を、突然京都に出現させてはみたものの、その束ねをする藩主(殿様)になれるだけの、器量も能力もないのではないかという自信のなさが、始終近藤の頭の中を駆け巡っていた。しかし、隊士たちには、そんな近藤の不安や動揺の色はかけらも知られ

なかった。全員から見て、近藤は、

「頼もしい局長」

であり、

「勇敢な猛将」

だった。伝説がある。それは池田屋事変の時に、最初たった五人で斬り込んだ時も、近藤はいささかも怯《ひる》まなかった。近藤自身は、池田屋に突入した時に、上から階段を駆け下りて来た志士を一人斬ったが、以後は、池田屋の中をあっちに現れこっちに現れしては、

「エイッ！　トウッ！」

と気合いを掛け続けたという。その大音声に、たった四人の部下たちも、大いに励まされ勇気づけられた。その気合いは、空の四国屋から急遽駆け付けた土方隊が合流した後も続いた。後々までも、

「あの時の近藤局長の気合いがどれほど勇気を与えてくれたかわからない」

と語り草になった。土方や沖田から見れば、

「近藤局長は、自分のそういいところを全部棚上げにして、悪いところばかり殊《こと》更《さら》にあげつらい、自分で自分を責めている」

と見えた。特に副長の土方にすれば、そういう近藤を見るのは痛ましい。自分も傷付く。同時に、

「総大将がそんな弱気では困る」

と、半分はぼやく。そして、そのためときには、

「局長が元気をなくすと、その分全部わたしが苦労しなければなりませんよ」

とからかい半分で毒づく。近藤は土方の気持ちを知っているから、

「すまないなあ」

と苦笑する。しかし土方も沖田も知っていた。それは池田屋へ斬り込んだ時に、京都守護職ほか幕府の軍勢が決闘が終わるまで、ほとんど姿を現さなかったことに近藤は言い様のない絶望感と孤立感を覚えたのだ。それは根雪となって、二度と解けることはなかった。今板橋の牢に入れられていても、あの時の傷は鮮明に蘇る。

そして、その、

「見捨てられた存在」

としての孤立感と絶望感は、何も池田屋の時だけではなかった。その後もしばしばあった。

元治元（一八六四）年六月五日の池田屋の変は、日本全国に伝えられた。激昂《げっこう》した

のが長州藩である。藩内では、八・一八の政変で京都から叩き出された七人の公卿（この時は五人に減っていた）と、真木和泉や中岡慎太郎などの個人志士を中心とするグループが寄食していた。かれらは、防府《ほうふ》や湯田温泉に宿舎を与えられていたが、気持ちが不完全燃焼状況になっていていぶっていた。半分は、

「京都から叩き出されたことへの憤懣《ふんまん》」

であり、もうひとつは、

「何時までも長州藩の食客《しょっかく》になっているいたたまれなさ」

である。この二つを一挙に解決するのには、やはり爆発口がなければならない。池田屋の変は、格好の導火線になった。長州藩内にも急進派がいて、来島又兵衛《きじままたべえ》はその先頭に立っていた。来島は遊撃隊の隊長として、

「京都突入」

を叫び続けていた。この隊の副将格に久坂玄端がおり、久坂は来島の補佐をしながら同時に真木和泉たち志士グループの面倒を見ていた。久坂は吉田松陰の門下としてその名を高めていたが、同時にまた義理堅い志士でもあった。久坂は真木和泉たち個人志士やそのグループを高く評価していた。

「場合によっては、右顧左眄《うこさべん》する長州藩士などより、真木先生たちの方がよほど純粋

だ」とひとに語ることがある。久坂は詩人だったから、余計そんな受け止め方をしていた。来島又兵衛の遊撃隊が導火線になって、長州藩は爆発した。

「この際、京都へ行って五卿と藩と志士グループの冤罪《えんざい》を晴らそう」

ということになった。総大将には、藩主毛利敬親《もうりたかちか》の世子《せいし》定広が任命された。福原越《ふくはらえち》後《ご》・国司信濃《くにししなの》・益田《ますだ》右《え》衛門介《もんのすけ》の三家老が方面軍の司令官に命ぜられた。藩軍あげて、三田尻《みたじり》から軍船に乗り、大坂へ向かった。上陸すると、一路京都へ進んだ。出発の時に、驚いた高杉晋作が駆け込んで来て、陣中の来島又兵衛に食って掛かった。

「やめろ、こんなばかな出陣は」

と説いたが、来島はせせら笑った。逆に、

「貴様は普段は大口ばかり叩いていて、肝心なときになると臆病者だ」

と罵った。しかし高杉は怯まなかった。

「たとえ卑怯者《ひきょうもの》といわれようと、おれはにせの進発には加わらぬ。よせ」

とさらに制止した。しかし来島は聞かない。来島の周りにいた真木和泉他志士グループたちも一斉に非難の目で高杉を睨《にら》んだ。高杉は諦めてその場を去った。萩へ戻る途中、

「馬鹿者、馬鹿者」

と喚き続けた。

京都を囲んだ長州軍と志士グループは、伏見口・山崎口・嵯峨《さが》口の三方に陣を置き、それから約二十日間陣を布陣していた。使者が御所に行き、

「長州藩の入京許可」

も求めていた。その返事がなかなか来なかったからである。入京の目的は、

「先に京都から排除された長州藩の復権」

である。具体的にいえば、

「御所御門の警衛の再任」

である。しかし、

「とんでもない話だ」

と公武合体派の諸大名は蹴った。長州軍の突入が始まった。元治元年七月十九日のことである。御所の諸門に長州軍が突入した。特に蛤《はまぐり》御門《ごもん》の激戦が凄まじかった。ここは来島の遊撃隊が襲った。真木和泉や久坂玄端も参加していた。門を守っていたのは、会津藩・桑名藩・薩摩藩の三藩である。特に薩摩藩の武装は、当時としては近代化されていて、洋式の鉄砲を持ったズボンを履いた黒づくめの兵が、容赦なく長州

軍を射殺した。戦意は余りあるほどあったが、結果的に新式武器にはかなわず、長州軍は敗北する。

この日新撰組は、守護職から、

「御所の守備軍に加わらなくてよい。沿道を警戒して、残敵を始末せよ」

と命令された。近藤たちは顔を見合わせた。近藤の眼の底には、

「またしても、おれたちを邪魔者扱いしている」

というひがみの色が走ったが、察した土方がすぐ、

「局長、いわれた通り出動しましょう」

と近藤の動きを急《せ》かせた。

「残敵を掃討するといっても、どこへ行くのだ?」

近藤は恨めしそうにいった。土方は、

「情報があります」

といった。

「何だ」

「禁門で敗退した敵の一部が、天王山に向かったといいます。これを追いましょう」

「天王山か」

呟く近藤はようやく眼を輝かせた。

「天王山といえば、天下分け目の山だな」

「そうです。どうも、真木和泉たちがその方面へ脱出したようです」

「真木和泉たちが？」

近藤の眼の輝きが今度は鋭い光に変わった。真木和泉といえば、

「今楠公（現在の楠木正成《くすのきまさしげ》公）」

と志士の間では神様扱いになっている存在だ。その真木を仕留めることができれば、また新撰組の名が上がるだろう。天王山は三百余メートルの高さがある。近藤は約五十人の隊士を引き連れて、山頂めがけ斜面を走り上った。山頂に着くと、幔幕《まんまく》が張りめぐらされ、中から朗々たる詩吟の声が聞こえた。突入仕掛ける隊士を近藤は止めた。

「詩の朗詠《ろうえい》が終わるまで待て」

そう告げた。隊士たちは感服した。

「さすが局長だ。ゆとりがある。敵に対する武士の情だ」

大したものだと囁き合った。やがて詩吟が終り、幔幕を上げて一人の老人が出て来た。烏帽子《えぼし》に直垂《ひたたれ》姿だ。

「まるで芝居だ」

隊士の中からそんな声が飛んだ。しかし烏帽子の武士はこっちを睨むと、

「新撰組か」

と大声できいた。

「そうだ」

土方歳三が怒鳴り返す。するとその武士は、

「わたしは真木和泉である。只今から、ここに集結した同志十七人は潔く割腹する。済むまでそこに控えておれ」

高飛車にそういった。そして幕の中に消える前にクルリと振り向くと、大声でこう怒鳴った。

「この醜の醜草め!」

途端、近藤の体が揺らいだ。膝が折れ曲がった。放っておけば倒れる。

「局長」

びっくりした土方と沖田が脇から支えた。近藤は、

「大丈夫だ、何でもない」

といったが、土方と沖田は顔を見合わせた。何でもないどころではない。近藤は明

らかに、動揺していた。真木が告げた、

「醜の醜草」

というのは、かつて志士の平野国臣が自分の隠れ家に書き残して行った一文と全く同じだ。真木たちも新撰組を、

「醜草」

と見ていたのである。

「くそお」

近藤の無念さを知る土方は、直ちに突入を命じようとした。しかし近藤は止めた。

「武士の情だ。潔く腹を切らせてやれ」

「しかし」

「このまま待て」

近藤は自分を取り戻していた。命令する時の態度はいつもの棟梁としての貫禄があった。土方は黙った。そして逸《はや》る隊士たちを止めた。

時間を置いて幕の中に突入すると、真木和泉以下十七人の志士たちは見事に自決していた。遺体の群れを見渡しながら、近藤は命じた。

「穴を掘って埋めてやれ」

「そんな必要がありますかね。このままでいいでしょう。犬かカラスが喰うでしょう」

土方はそういった。しかし近藤は首を横に振ってぽつんとこう告げた。

「いや、葬ろう。真木さんたちは、最後まで個人の志士の立場を貫いた。見事だよ」

土方は思わず近藤の顔を見た。近藤も見返した。その眼の底に深い悲しみがあった。同時に真木和泉たちを悼《いた》む光があった。土方は理解した。

(近藤局長は、真木和泉たちの立場を自分の立場に重ねているのだ)

池田屋事変以来、次第に疎外され出した新撰組の立場を、近藤はいつも気にしている。おそらく、真木和泉たち個人の志士やグループも、次第に大きな藩の組織感覚から乖離《かいり》しはじめているのではないか、と受け止めていたのである。近藤の命令で、隊士たちは十七人の志士たちを丁寧に埋めた。一つ一つの塚に、近藤は丁重に片手で拝んだ。これは近藤にすれば、

「個人志士の時代終了に対する、別れの挨拶」

であった。事実、この真木和泉たちの最期によって、維新形成過程における、

「個人志士の時代」

は完全に終了した。近藤の片手拝みによる礼は、正しく、

「個人志士の時代の終了に対する、葬送の礼」

だったのである。長州軍の行動は、

「御所への発砲」

ということで、討伐軍が起こされた。第一次長州征伐である。参謀には薩摩藩の西郷吉之助が任命された。西郷は、直接長州藩へ討ち入ることなく、

「長州藩の自裁にまかせる」

ということで、
・長州藩主毛利父子の謝罪謹慎
・山口城の破壊
・突入の直接責任者である三家老と四人の参謀の処刑
を条件とした。長州藩は承諾した。従来の過激派が藩庁から追放され、保守派が藩政を牛耳《ぎゅうじ》るようになっていたからである。しかし長続きはしなかった。脱走した高杉晋作が「奇兵隊」を組織し、軍事クーデターを起こした。そして藩庁を乗っ取った。反乱政府の首班には桂小五郎が推された。だから西郷吉之助が長州藩に約束させたことは、三家老四参謀の処刑だけは行なわれたが、あとはうやむやになった。これがまた幕府の知るところとなって、第二次長州征伐が起こされる。

しかし、第一次・第二次を通じて、長州征伐には、新撰組にはお呼びの声が掛からなかった。かれらは相変わらず、

「京都市中の治安維持と、過激派志士の残党狩り」

に狂奔していた。中には、

「三条大橋高札事件」

などという哀れな仕事もあった。長州藩の暴挙を列挙して、

「長州藩というのは、このように過激な藩である」

と、御所突入の罪状を書いた高札が、三条大橋の脇に立てられた。ところがたちまちこれを引抜く長州藩親派がいた。守護職は新撰組に、

「犯人を捕らえよ」

と命じた。守護職の松平容保は、かつて同じような事件を経験していた。それは、過激派志士が洛西の等持院から、足利三代の木像の首を引抜いてきて、三条大橋の脇に晒したことがある。丁度、将軍家茂の最初の入洛の直前だ。木像を晒したのは、明らかに、

「攘夷を奉答しなければ、おまえもこういう目に遭うぞ」

という脅しであった。当時、京都守護職に就任したばかりの松平容保は憤激した。

そして、

「木像梟首の犯人を捕らえよ」

と命じた。たかが木像ぐらいでと不満を持つ部下も多かった。しかし容保は断行した。そういう経験があるから、今度の高札を引抜いた犯人も見逃すわけにはいかない。その逮捕を新撰組に命じたのである。さすがに新撰組内でもこの命令には抵抗するものが多かった。

「たかが高札を引抜いたぐらいで、そんなことはもうどうでもいいじゃねえか」

とぼやく者が多かった。足利三代の木像が晒された頃とは違って、京都の情勢はさらに深化し、複雑化していた。まさに隊士のいうように、

「高札の引抜き事件どころじゃない」

という状況になっていた。そして、今そんな犯人を追い回せば、

「新撰組さん、ご苦労さん」

とからかわれるのが落ちだ。

近藤勇はこの辺の状況と、

「その状況下における新撰組の位置付け」

を話し合った。近藤が感じていたのは、

「新撰組は、結局はそのときの権力の番犬にすぎない」

ということだ。どんなに理想を掲げ、自分たちの行動に理念があると思おうとしても、それは認められない。雇う側が欲しがっているのは、

「警察力としての武力」

である。場合によってはその武力が暴力になる。しかし、雇う側はそれでもいいとしている。そして、

「自分たちがためらってできないような暴力も、新撰組なら振るうことができる」

と思っている。

「そのとおりでしょう」

近藤の問責に、土方は頷いた。土方はとっくの昔に悟っていた。つまり、

「新撰組が、どんなに美しい目的を掲げようと、だれも信用してはくれねえ」

と割り切っていた。土方は、家で作った薬を売って歩いたことがある。その頃は、かなり道楽者だった。大きな商家に奉公に入ったが、そこでもすぐ女性の使用人と間違いを起こし追い出された。いってみれば、近藤勇に比べれば、

「かなりの苦労人」

である。人生経験も豊かだ。しかしその豊かな経験の中から学んだことがある。そ

れは、

「人間は与えられた条件の中でしか生きて行けない」

ということだ。

「そうであるなら、新撰組は今与えられている条件の中で目一杯生きることが一番大事だ」

と思っている。だから近藤の分析には賛成しつつも、近藤の迷いはやはり取り除くべきだと思っている。こういった。

「局長、新撰組の与えられた立場の中で、精一杯努力することが大切でしょう。それが局長のいう〝誠の道〟を貫くことではないでしょうか。出来ねえことをあれこれ思い煩《わずら》っても仕方がないと思いますよ。どうせわれわれは、都の番犬なんですから」

そういった。言葉の底にどこか悲痛な響きがある。それが近藤に伝わった。近藤は頷いた。

「おれも、結局はそう思い込むより仕方がないという気になって来たのだ」

「賛成です。どうかその気持を貫いてください。そうしないと、隊士がぐらつきますよ」

最後の言葉はかなり鋭さを持っていた。近藤は頷いた。そして、

「こうして、幹部の気持が揃えばそれでいいんだ。おれは、よく試衛館時代を思い出すよ」

その場にいた幹部が、土方歳三・沖田総司・永倉新八・原田左之助・井上源三郎などの、昔懐かしい試衛館仲間ばかりだったせいもある。近藤はそんな述懐をした。和んだ空気が漂い、みんなも頷いた。幹部たちは近藤勇の悩みを知っていた。試衛館時代も近藤はよく悩んだ。三流道場五流道場と蔑まれ、

「試衛館ほど時代からずれ、遅れた剣術道場はない」

といわれ続けた。考えてみれば、近藤にとっての半生は、

「劣等感との戦い」

である。

蚊帳の外

元治二年は四月七日に慶応と改元した。この年一月に馬関《ばかん》（下関）で挙兵した高杉晋作の奇兵隊は、藩を征圧した。長州藩内には、奇兵隊の他に各職業別に集結した「諸隊」が編成された。幕府は第二次長州征伐軍を起こしたが、長州国境の各口で、連戦連敗した。高杉の率いる奇兵隊他諸隊の活躍が、目を見張るほどの戦闘力を示したからである。事情を知る者は

「最早《もはや》、戦争は武士の専売ではない。一般市民の方がむしろ強い」

という印象を持つようになった。近藤勇が新撰組に託した、

「新撰組への入隊者はすべて武士として扱う」

という考えも、あまり魅力がなくなってきた。つまり、

「今はどんな身分であろうと、志と行動力さえあれば、それを成し遂げることが出来る」

という時代に変わってきた。一言でいえば、

「戦国時代の再現」

が日本の状況になって来たのである。

「身分などどうでもいい」

ということは、その背景として、

「身分など気にする者はだんだんいなくなった」

という現象の現れでもあった。国内は、各国同士の争いが次第に顕在化して来た。それぞれ思惑があるから、拠《よ》り所《どころ》を朝廷にしたり、幕府にしたり、あるいは西南雄藩にしたりした。完全に、

「内外を含めた政略の時代」

に変わった。そういう中で、慶応二(一八六六)年一月二十一日に、

「倒幕のための軍事同盟」

が、薩摩藩と長州藩の間で結ばれた。仲介をしたのが土佐の坂本龍馬である。いつかこのことが漏れ、近藤たちは目を見張った。それは、禁門の変直後に、敗退した長州藩は薩摩藩の攻撃に怒り、高杉晋作などは、自分の下駄の裏にそれぞれ、

「薩賊」と「会奸」と書いて踏み付けて歩いていたからだ。

「犬と猿が手を結んだ」

ということで、この同盟の事実は日本中を驚かせた。すべて、

「もはや何が起こっても不思議ではない」

という時代に突入していた。勢い、

「そんなことは絶対に有り得ない」

という〝有り得ない〟時代は完全に消えたのである。そんな中で、大坂城にいた将軍徳川家茂が死んだ。かれは第二次長州征伐の総大将として大坂城に本陣を置いていた。が、心労のためについに二十一歳の若さでこの世から去った。江戸城に送られたかれの棺《ひつぎ》の脇には、妻和宮のために買った京都の西陣織の布が添えられていたという。第二次長州征伐は中止された。しかし壬生村の新撰組は、依然として、

「政治の蚊帳《かや》の外」

に置かれていた。家茂の死によって、徳川本家は一橋慶喜が継いだ。しかし慶喜は、

「将軍職は引き受けない」

と告げた。はっきりいえば、

「安売りはしない」

ということだ。

「多くの期待に応えて、しぶしぶ将軍職を引き受けよう」

という腹である。その思惑が当たって、かれが将軍職に就任したのはその年の十二月五日のことであった。そしてその直後の十二月二十五日に、孝明天皇が亡くなった。三十六歳である。攘夷派のシンボルであった天皇の死に、さやさやと毒殺説が流れた。それは、

「八・一八政変の後の帝は、幕府にも理解を示され、特に義弟の家茂将軍には親愛の情を持たれていた」

ということで、

「親幕の度合いが深まった」

と見られていた。巷《ちまた》では、もし帝の毒殺が事実だとすれば、毒を盛ったのは、岩倉具視とその意を受けた連中だろうと噂された。当時岩倉具視は、洛北岩倉村に謹慎していた。和宮降嫁事件の首謀者だったということで、過激志士の暗殺を恐れて、孝明天皇が、

「しばし、隠棲《いんせい》するように」

と命じていたのである。岩倉は孝明天皇に対して忠臣だった。越前などの諸地方から、都へ物を売りに来る商人が通ると、必らずその一部を巻き上げた。そして自分の

京都に残した屋敷を博打場にし、使用料を取った。しかし、商人から巻き上げた品物や、博打場の手数料はすべて酒に換え、孝明天皇に奉った。そんな岩倉が孝明に毒を奉るはずがない。岩倉の悲願は、

「王政復古の実現」

である。大化の改新や、建武の新政にもう一度日本の国政を戻すことに全生命を注いでいた。だからその企てに参加する志士は、藩を問わず岩倉村の隠宅に集め、謀議を懲《こ》らしていた。慶応三（一八六七）年になると、はっきりと、

「討幕を目的とする諸活動」

が目に見えてはっきりしてきた。四月には、脱藩した坂本龍馬は藩からその罪を許され、新設された海援隊の隊長に任命されている。中岡慎太郎は陸援隊の隊長に就任した。そして翌五月二十一日には、板垣（当時乾）退助と中岡慎太郎が、京都で西郷吉之助と会い、

「討幕のための薩土同盟」

を密約した。しかしこれは土佐藩のまとまった意見ではなく、逆に土佐藩は後藤象二郎を中心に、坂本龍馬が提言した、

「将軍の大政奉還策」

に奔走していた。だからこの時点の土佐藩では、板垣たちによる、

「武力討幕策」

と、後藤象二郎・坂本龍馬それに前藩主山内容堂を加えた、

「大政奉還策」

の、全く相反する政策が進行していたのである。これは、どこの藩も同じだった。それだけ、

「藩論統一」

がしにくい状況になっていた。

そして、慶応三年十月十四日、タッチの差で、第十五代将軍徳川慶喜は朝廷に大政を奉還した。ところが、この日同時に、長州藩と薩摩藩に対し、

「討幕の密勅」

が下されていた。おそらく、隠密裏に動いて来たこれらの政治工作が、やはり漏れて、

「先手を打とう」

という動きが両側にあったのだ。しかし現存する「討幕の密勅」は、同一人の筆跡で、署名した公家の名の字もほとんど似ている。天皇の署名はない。

「だから密勅なのだ」

という説もある。研究者の推測では、

「おそらく、岩倉具視のところにいた国学者の玉松操あたりの仕掛けではないか」

といわれている。この段階で玉松操はすでに、

「王政復古の大号令案」

を起草し、同時に西陣の織物屋に命じ、

「錦の御旗」

の見本も作成済みだったという。よく顔を出す長州藩の品川弥二郎は、京都の花街から芸者を呼んで三味線を弾かせ、

「都風流トンヤレ節」

という歌を作詞作曲していた。後に有名になる、

「宮さん宮さん　お馬の前に　ヒラヒラするのはなんじゃいな」

という、

「日本の軍歌第一号」

と呼ばれる歌だ。完全に、討幕の空気が京都に漲《みなぎ》っていた。

「いつ発動されるか」

という時期だけが問題になっていた。その重苦しい空気の中で、新撰組は相変わらず京都の治安維持に走り回り、同時にそんな仕事に嫌気がさして脱走する隊士たちを粛正していた。こういう状況の中で近藤勇が、

「自分で自分を支える力」

として活用していたのは、もはや八王子千人同心精神ではなかった。むしろ、

「試衛館魂」

と呼んでいいようなものだった。近藤の胸の中にあるのは、当時の結束力だけだ。心と心の結び合い、その絆《きずな》だけがかれを支えていた。土方は、

「局長、それでいいんですよ」

と明るく支持の言葉を掛けてくれる。土方がいつか言った、

「人間は、その時の条件の中でしか生きられない」

という言葉は、今の近藤の心境でもあった。

「高望みをしても駄目だ。できないことをできるかのように装うのも偽りだ。ありのままに生きて行こう」

近藤はそう思っていた。十二月九日に王政復古の大号令が出た。これによって、徳川幕府は完全に消滅した。

「おれたちはどういうことになるのだ？」

新撰組内で動揺が起こった。これは近藤たち幹部にも関心がある。黒谷の会津藩の宿所に行ってきいてみた。手代木直右衛門の答えでは、
・幕府は消滅した。したがって幕府のあらゆる役職も廃止された
・会津藩主松平容保公が命ぜられていた京都守護職も解任された。所司代も町奉行もあらゆる幕府の機関は廃止された
・しかしまだ会津藩そのものは存在する。徳川家も存在する
・したがって、新撰組は今後「徳川家の家臣扱い」になるだろう
・幕府は、京都の見廻組などの治安維持組織をまとめて「遊撃隊」と改組する。新撰組もこれに加入したらどうか
ということであった。近藤は屯所に戻って来てこのことを幹部たちに話した。幹部たちはあげて反対した。

「いまさら、遊撃隊などに参加するのは真っ平御免です。われわれは最後まで新撰組で通しましょう」

という意見が圧倒的だった。近藤も賛成した。

こんな状況の中で、前将軍徳川慶喜は巻き返しを図っていた。それは、

「大政を奉還し、王政復古の号令を出しても、公家たちは政治に慣れていない。何百年も武家に政権を委任して来た。どうせ、すぐ政権を持て余し、われわれにもう一度手伝ってくれといって来るに違いない。その時は、思い切った大改革を行ない、新しい幕府を起こす」

と目論《もくろ》んでいた。しかし当時は諜報《ちょうほう》戦だ。至る所にスパイがいる。こんな企てはすぐ討幕側に漏れた。怒ったのが西郷吉之助だ。

「よし、おいどんに考えがある」

そう告げる西郷は、江戸で攪乱《かくらん》戦術を起こした。「御用党」事件である。御用党と名乗る無頼の徒が、江戸市中の商家を襲い、金品を強奪する。そして、堂々と三田にある薩摩藩邸に引き上げて行く。これによって、

「御用党の巣は三田の薩摩藩邸だ」

ということになり、庄内藩酒井家を指揮者とする幕軍が急遽三田の薩摩屋敷を襲撃した。しかし、ほとんど抵抗をせずに、中にいた御用党たちは裏の海から船に乗って脱出して行った。この報が大坂城に届いた。大坂城に集結していた一万五千の幕軍は憤激した。

「薩摩の謀略だ。薩摩を討て」

ということで、討薩のために、一万五千の幕軍は一斉に京都に突入しかけた。これを聞いて喜んだのが西郷吉之助だ。

「おいどんの策が的中した」

すぐ応戦軍が繰り出された。この頃の新政府軍は五千にすぎない。しかし、完全に近代化していたので、数は多かろうと幕軍など物の数ではなかった。幕軍は薩長軍の砲火に次々と敗退した。

新撰組はこの時京都を脱し、伏見奉行所に陣を置いていた。そして何度も斬り込みを敢行した。しかしこれは武器革命を終えていた政府軍にかなうはずがない。御香宮《ごこうぐう》の崖にずらりと並んだ薩摩軍の大砲から次々と砲弾を撃ち込まれて、新撰組は壊滅同様の損害を受けた。近藤勇はその前に、旧伊東甲子太郎一味の銃撃に合って負傷していたため、大坂城に退いていた。実戦の指揮は土方歳三が執った。沖田総司は肺疾《はいしつ》のため熱を出し、実戦には参加できない。ずっと寝ていた。一月三日に始まった鳥羽伏見の戦いは、完全に幕軍の敗北であった。そして一月五日の夜、大坂城に退いていた前将軍徳川慶喜は、何人かの大名を連れて、密かに大坂湾から脱出した。

「総大将の敵前逃亡」

である。置き捨てにされた幕府軍の中に、新撰組の残党もいた。傷の治った近藤勇

を中心に新撰組は再編成され、幕府の軍艦に乗って江戸に引き上げた。当然、

「江戸城でもう一戦構える」

という心意気だった。が、江戸の状況は変わっていた。というのは、

「後始末の総責任者」

に、勝海舟が任命されていたからである。江戸に戻った徳川慶喜は、

「徹底恭順」

の態度をとり続けた。だから、

「いや、江戸城でもう一戦構えましょう。海軍は無傷ですから」

と主張する主戦派は、次々と江戸城から追放された。近藤や土方も追い払われた武士の中にいた。

ところが、勝海舟が突然、

「話がある」

と近藤と土方を呼んだ。話というのは、

「甲府城を占拠してほしい」

ということだ。

「場合によっては、大樹（将軍）を甲府城に落とすかも知れない」

というのである。そして条件として、
・甲府城を占拠すれば、近藤たちに十万石の土地を与える
・近藤は大名格、土方は上級旗本格の扱いをする
・隊士はそれぞれ、徳川家の直参として扱う
・必要な武器・弾薬と資金は十分提供する
そんな内容だった。近藤と土方は顔を見合わせた。勝はいった。

「表面的には、甲州方面の反政府的行動をとる不穏な輩《やから》を鎮撫《ちんぶ》するということにしてくれ。だから隊名も新撰組ではなく、甲陽鎮撫隊のようなものがいいだろう」

「甲陽鎮撫隊？」

何かしっくり来ない名だなと思いながらも、近藤は承知した。

新撰組の残党と、新たに募集した隊士、それに浅草の弾左衛門《だんざえもん》から預けられた人数や資金を加えながら、近藤たちは甲州街道を下って行った。懐かしい多摩地域を通過する。関係者が、ドンちゃん騒ぎの歓迎をしてくれた。それは誰が言い出したのか、

「近藤先生がお大名になった。土方さんが高級旗本になった、隊士はみんな旗本になった」

と伝えられていたからである。大歓迎だった。この辺のずれはやむを得ない。なに

しろ、政局は京都で動いていたからだ。江戸は早くいえば、

「政治の蚊帳の外」

に置かれていたからである。それでなくても、元から江戸の政局とは無縁に農村生活を楽しんで来た地域だ。ひたすらに、近藤たちが出世したと喜んだ。そして、このドンちゃん騒ぎに乗ったのが、大きな過ちだった。一夜の歓迎が結局は、甲府への到着を遅らせてしまった。東山道軍の進撃は意外と早く、近藤たちが甲府へ着く一日前に、乾（板垣）退助・谷干城らの土佐急進派を軸とする、東山道軍は完全に甲府城を占領し、周囲を押さえ込んでいた。この敗北を喫した時、近藤の頭に閃《ひらめ》いたのは、

（またしても、操られたか）

という思いだ。操ったのがだれかといえば、明らかに勝海舟だ。

「どうも話がうま過ぎた」

隠れ場のない江戸の町をうろつきながら、近藤は土方と話した。土方も頷いた。

「勝の野郎にしてやられましたね。あの野郎は、おそらくおれたち主戦派を甲府へ追っ払って、中山道を進撃して来る薩長の野郎どもに、一人残らず滅ぼされてしまえばいいと思っていたのに違いありません」

「おれもそんな気がしてきた」

「どうしますか」

「甲府へ向かった時と江戸の空気が全く変わっている。もう、戦おうにもそんな気力のある奴はどこにもいねえ。仕方がない、会津へ行こう」

「そうしましょう」

土方は喜んだ。土方は徹底して、

「徳川家のために戦い抜く」

という態度を保持していた。時折ぐらつく近藤とは違う。余計なことは考えない。つまり、

「置かれた立場で全力を尽くす」

ということを貫いていたからだ。迷いはない。いまは近藤も土方と同じ気持ちになっていた。しかし会津に行くにしても、近藤の考え方と残った幹部の永倉新八や原田左之助とはちょっと意見が違った。永倉や原田は、

「すぐにも会津へ行きましょう」

という。近藤は首を傾けた。

「すぐに行くといっても、隊士がほとんどいない。新撰組というのは名ばかりで、これでは会津に行っても肩身が狭い」

「どうするのですか」

「新しく隊士を募集する。そして十分に調練を施《ほどこ》した上で、これが新撰組だと誇れるような組織にしてから会津へ行きたい」

「そんなことをしている暇はないでしょう。薩長の奴等は、どんどん会津にも攻め込みますよ。われわれが行き着く頃は、若松城へは入れないかもしれない。丁度、今度の甲府城のようにね」

原田左之助の言葉にはチクリと皮肉の針が含まれていた。それは彼自身も参加していたにも拘らず、調布での一夜のドンちゃん騒ぎが、結局は甲府城乗取りを遅らせてしまったのである。原田も飲んで騒いだ口だが、しかし冷静に考えてみれば、

「その責任は局長にある」

と思っていた。だからこそ、たった一晩の騒ぎのお陰であんな惨めな敗北を喫したのだ。その面目を取り戻すためにも、一日も早く会津に行って、若松城に籠《こも》り、旧幕軍と行動を共にすべきだ。原田はそう考えていた。永倉も同じだった。しかし近藤は、

「少人数の兵力を率いて会津に行っても、なんだこれが新撰組の成れの果てかと馬鹿にされるだけだ。体面を保つためにも、もう一度新撰組を再編成しなければ駄目だ」

と、体面を重んずる考え方を持っていた。これは、局長と組長との差がある。トップとミドルの差と言っていい。近藤は埒《らち》が明かないので大声を出した。

「これからは、おまえたちはおれの家臣だと思うくらいの気持ちがなければ駄目だ。結束が大事だ」

原田や永倉はびっくりした。顔を見合わせた。みるみる不快な色が面上に浮き出た。やがてかれらは冷静になった。居住まいを正した。そしてこういった。

「わかりました。局長は局長の道をお歩きください。われわれはわれわれの道を歩きます。お別れしましょう」

これが永倉や原田との訣別《けつべつ》だった。土方は腕を組んで黙ってそんな光景を見守っていた。意見は言わない。しかし近藤にはわかった。土方もおそらく永倉や原田と同じ意見なのだ。

「一日も早く会津へ行くべきだ」

と考えていた。しかし、近藤にすればもうひとつ別な考えがあった。

(いつまでもおれの面影を引きずっていずに、かれらは独り立ちをして会津に行くべきだ)

と思っていた。そして、

「そのためには、おれに愛想を尽かした方がいい」

と感じていた。企んだわけではない。しかしこの、

「おれに愛想を尽かさせよう」

という気持は、京都にいた時から近藤の胸の一隅にあった。

「おれを頼りにされても、おれ自身が行き先を持たない笛吹きなのだ。そんな人間に、いつまでもくっついていたのではみんなが振り回されるだけだ。もっと現実を見つめて、自分なりに歩く道を探してほしい」

とずっと思い続けていた。それが高じて、つい怒声になってしまったのである。しかし効果はあった。あの大声によって、永倉新八も原田左之助も完全に近藤を見放した。おそらく胸の中で、

「近藤局長は少し思い上がっている」

と感じたに違いない。寂しかった。しかし近藤は、

「それでいい」

と思っていた。

板橋本営における訊問はその後も続いた。論点は明らかだった。土佐代表の谷守部が求めるのは、

「新撰組の残党が甲州へ赴いたのは、勝海舟の密命による」

ということを白状させたいのだ。そうすれば、今の新政府軍部内におけるイニシアティブ争いの局面がガラリと変わる。我がもの顔に肩で風を切って歩いている薩摩藩の威力が一挙に墜落する。

「その時は、土佐藩がもっと前へ出る」

というのが谷の戦略だ。それには何としても、

「恭順を装う勝海舟は、実はその陰で新撰組などの旧幕府主戦派を使って、政府軍に抵抗している巨魁《きよかい》なのだ」

ということを実証したい。場合によっては、勝海舟と西郷吉之助が約束した、

「江戸の無血開城」

も覆《くつがえ》るかもしれない。谷はむしろそれを求めていた。江戸を戦禍に巻き込むことよって、今不完全燃焼を起こしている東山道軍の将兵の戦意も、一挙に燃え立ち、燃焼の場を得る。

「その方が、これから赴く東北討伐のためにもよいのだ」

谷だけでなく板垣退助もそう思っている。香川敬三はもちろんのことだ。しかし露骨になって来た土佐側の意図に、薩摩藩は薩摩藩でこれに対抗措置をとった。薩摩藩代表の訊問官は平田九十郎だが、その背景には政府参謀の伊地知正治がいた。部下の有馬藤太は忠実な副参謀で、人柄がいい。だから純粋に接触した近藤勇に好感を持ち、

「礼を尽くして扱うべきだ」

と主張している。それはそれでいい。しかし伊地知にすれば、西郷からの密命があって、

「大久保剛が近藤勇なら、絶対に勝さんとの関係をしゃべらせてはならない」

と命じていた。西郷にすれば、もしも近藤が、

「甲陽鎮撫は名ばかりで、実は勝の密命によって甲府城乗取りが本当の目的だったのだ」

などといわれたのでは、せっかくの江戸開城の約定《やくじょう》も水泡に帰す。場合によっては、江戸は戦禍に巻き込まれる。それが、東北へ赴く政府軍のいわば、「血祭り」

の意味を持つ。

「冗談ではない」

西郷はそう思っている。

「まして、出遅れた土佐の奴等に引っ掻き回されてたまるか」

という気持が強い。したがって、何としても、東山道軍に捕らえられた大久保という人物が、たとえ近藤勇であろうと、一切近藤の口から勝のことを話してはほしくなかった。

土方歳三が勝海舟を訪ねたのは、もちろんその辺の含みがあった。しかし勝は平然としていた。

「おれとのことで、近藤さんの助命は無理だな」

そういった。

「なぜですか」

少し冷たくはありませんか、と土方は食って掛かる表情をした。しかし勝は泰然としている。

「土方君、もうそんな時勢ではないよ。おれとの闇取引で、近藤さんの命が助かるような状況ではない。君の方で、それを東山道軍の本営に話すのなら話しても構わない。わたしは平気だ」

開き直った。土方はその勝の態度をみて、

（これは駄目だ）

と観念した。というのは土方の見たところ、

（勝さんは捨て身になっている）

と思えたからである。もう何も恐れるものはない。失うものもない。命を投げ出して、江戸を救う気になっている。そして、何よりも前将軍の徳川慶喜の、

「徹底恭順」

を保たせようとしていた。これに反する旧幕臣は、全部敵だ。勝はそう割り切っていた。そして、

「そのためには、いつ殺されても構わない」

と覚悟を決めている。

（さすがだ）

　やはり、新撰組の副長や局長などとは貫禄が違うと土方は正直に感じた。そこで、

「わかりました。近藤さんのことは諦《あきら》めます」

　そういった。勝は頷いた。

「気の毒だが、こういう時代には不条理な犠牲者が次々と出る。やむを得ぬ」

　そう告げた。そしてにやりと笑った。こういった。

「このおれだって、何をいわれるかわからねえよ」

　当然起こって来るであろう世間からの批判や悪口をすでに覚悟しているということだ。土方は勝の屋敷を密かに辞した。板橋へ行っても仕方がない。

「大鳥さんの軍に加わろう」

　土方はそう決意した。かれは大鳥圭介の率いる軍勢に参加する。そして敗れる。敗れて会津に行く。また敗れる。敗れて箱館に行く。箱館でも敗れる。そして明治二年五月十一日に、かれは壮烈な戦死を遂げる。

　近藤も土方の勝との取り引きに期待を置いていたわけではない。近藤は、

「土方が自分で納得すればそれでいいのだ」

　と思っている。近藤のためにあらゆる手を打って、それがすべて駄目だとわかった時に、土方は土方なりの道を辿って行くだろうと思っていた。そのとおりになった。

そして近藤自身は、

「どんなことがあっても、おれは勝さんとの密約のことなど絶対に白状しない」

と心を決めていた。それは、勝が、

「この国には共和政治が必要なのだ。士農工商の身分などのない能力に応じて、だれもがやりたいことができるような国にしなければだめだ。おれがいい証拠だ」

と常に口にしていたからだ。勝は実際に咸臨丸で太平洋の荒波を越え、アメリカのサンフランシスコで民主主義の実態を見て来ている。戻って来た時に、

「アメリカには身分制などありません。どんなぼんくらでも身分が高ければ幕府の要職に就ける日本とは全く違います。第一、大統領の子孫が今何をしているか、アメリカの市民は全く関心も持ちません。偉い人は全部入れ札（選挙）によって選出されます。だれでも立候補できます。うらやましい」

アメリカからの土産話として、そういう報告を老中たちにした。老中たちは顔を見合わせ渋い表情になった。

「この無礼者」

と低い声で勝を叱ったという。大声を上げるだけの勢いは当時の老中にはなかった。勝のいうことにも一理あると、老中たちも思いはじめていたからである。

（あるいは、勝さんのいうような国になることを、おれもどこかで望んでいたのかもしれない）

近藤は板橋の牢内で、次第にそう思いはじめた。そして、

（そのことこそが、試衛館一門の願いだったのかも知れぬな）

と感じた。今は全く澄み切った心境だった。いつ断が下されても別に悔《くい》はない。

「やりたいことをやり抜いた」

という実感がある。つまり、自分の人生には手応えがあったということだ。よい笛吹きにはなれなかったが、手を抜いたことは一度もない。

「一日一日に全生命を完全燃焼させてきた」

という思いはある。

近藤の脳裡《のうり》に、貧しく他から三流道場五流道場と蔑まれながらも、心の結束を保っていた試衛館の日々が浮かんだ。

「あの頃はよかった」

心の底からそう思える日々だった。近藤は、

（試衛館のあの結束を、おれは京都に移そうとした。しかし、やはり上方の人間たちとはうまく解け合えなかった。武士はやっぱり東国に限る）

と改めて感じた。

四月二十五日、判決が下された。斬罪の刑である。刑はすぐ執行された。そしてその首が板橋の刑場に晒され、次のような高札が掲げられた。

「近藤勇　右は元来浮浪の者にて、初め在京新撰組の頭を勤め、後に江戸に住居致し、大久保大和と変名し、甲州並びに下総流山において官軍に手向かい致し、或《ある》いは徳川の内命を承り候などと偽り唱え、容易ならざる企てにおよび候段、上は朝廷、下は徳川の名を偽り候次第、その罪、数うるに暇あらず、よって死刑に行い梟首せしむる者なり」

結局は、近藤勇と新撰組は、

「どこにも属さない勝手な組織」

として扱われた。高札文によれば、新政府だけではなく徳川家にも嘘をついていたという文面だ。もちろん、首を斬られたあとだから近藤はこんな高札文が掲げられたことは知らない。しかしかれ自身、ここに書かれることはとっくに認識していた。つまり、

「だれからも突き飛ばされ、決して味方にならない孤立した集団」

としての新撰組の存在意義をである。

首を斬られる一瞬、近藤の頭の中を走ったのは、やはり試衛館のあの和やかな光景であった。この日、近藤勇は三十五歳であった。見果てぬ夢を見続けたその生涯は、ある意味で、

「幕末維新の一つの現象」

であり、事件でもあった。


（了）

孤舟の船頭・近藤 勇――「文庫版」あとがき

元禄年間に起った有名な〝忠臣蔵〟の発端は、播州（兵庫県）赤穂城主の浅野内匠頭が、江戸の城中で刀を抜いたことに発している。これによって浅野家は断絶、家臣は全員失業した。大石内蔵助が先頭に立って、再就職運動に努力したがうまくいかなかった。そこで「主君の怨みを晴らそう」ということで、四十七（四十六）人の浪士が宿敵の吉良上野介邸に斬りこんだ。吉良の首を取った。このとき、実際の服装はともかく芝居ではだんだら羽織を着ている。後年の幕末に、京都に突然変異的に出現した新撰（選）組のユニフォームはあきらかにこの赤穂浪士討入りの羽織を模している。新撰組の指揮者は近藤勇だ。二百数十人隊士がいたということは、赤穂藩がつぶれたときの家臣数が三百人強だったから、近藤は幕末に三万石から五万石の大名家（藩）をつくり出したことになる。青春の志に燃える青年たちにとって、この集団への就職は自分の夢を果たすものとして大いに期待されただろう。結局は、京都の治安を維持するために人斬りもおこなったが、しかしいまだに新撰組ファンは多い。わたしもそのひとりだ。新撰組に入った人間は、前歴が何であろうとすべて武士として扱われた。そのために隊の掟ではその第一条に「士道ニ背キマジキ事」というきびしい規定が設けられた。つまり近藤の考えによれば、

「入隊者はすべて武士として扱っているのだから、武士道に背くような行為があったときはきびしく罰する」

と考え、罰則は押しなべて切腹とした。切腹は武士の名誉刑である。近藤の考えは副長の土方歳三も容認しているところだったろう。沖田総司もおなじだったかもしれない。江戸からきた近藤とその門弟たちがいつも悩むのは、勝海舟や福沢諭吉とおなじように、

「身分制の問題」

である。差別だ。近藤が新撰組入隊者をすべて武士として扱ったのは、幕末における一種の身分解放といえる。したがって、解放した身分に応じた生き方をして欲しいということだろう。この考えは、おそらく近藤の生れた多摩（東京都）地方における共通した考えであったかもしれない。わたし個人は、近藤のこういう身分解放感がやがては多摩地域から起った自由民権運動にかかわりを持っていると思っている。自由民権運動といえばすべて土佐（高知県）が有名だ。板垣退助がその先頭に立っていた。暴漢に襲われたときの「板垣死すとも自由は死せず」という名セリフは有名だ。

しかしその後の板垣がほんとうに日本国民の自由のために戦ったかといえば、かなり疑問だ。それに比べ近藤勇の考えはホンモノだとわたしは信じている。しかし幕末の京都でこんな考えが一般的に理解されることは難しい。とくに新撰組は〝壬生のオオカミ〟と呼ばれ人斬り集団だと思われていた。これはその警察行動からどうしてもやむをえない。わたしは幕末は第二の戦国時代だと思っている。しかし第一の戦国時代とは違って、刀や槍で人間の目的が達せられるのではなく、幕末の場合には主に「思想と言論」が武器になった。その意味では、江戸で剣術道場を開いていた近藤勇に、どれだけの学問と素養があったかは疑問だ。京都にいってから、かれは本を読み習字を習ったといわれるが、しかしそのことに専念できるほどの暇はなかっただろう。隊務が忙しかったはずだ。近藤の立場がしだいにレベルアップしていくうちに、かれの交流範囲もそういう教養人とのかかわりが深くなる。そのたびに近藤勇はおそらくコンプレックスを感じたのではなかろうか。系統的に学問を修めてこなかった自分の半生が悔まれた。

（もっと勉強しておけばよかった）

と感じたにちがいない。これは土方や沖田にしてもおなじだろう。その意味では近藤勇のひきいる新撰組は京都という幕末の荒海に浮んだ一艘の孤舟である。波にひっくり返されまいと必死になって乗組員たちが船を漕ぎつづける。その姿は悲壮であり、涙ぐましい。近藤はその船の長だ。近藤の生き方を支えていたのは、

「武士道」

であり、とくに〝義〟の一字である。義は人間の誠実さによってあらわれる。だからかれは〝誠〟の一字を隊のC・I（コーポレート・アイデンティティー）とした。誠実に生きることが、新撰組のシンボルマークだったのである。おかれた立場の高さと、持っている能力や素養との落差を常に意識しつつ、その高い位置にまで自分を引き上げようと努力した近藤の姿は涙ぐましい。かれ自身が〝誠〟の一字に生きた人間であった。だから、鳥羽伏見の戦いに敗れて江戸から下総（千葉県）の流山に出たときに、政府軍に自首したかれの心境はおそらく、

（持っていた誠の量を全部使い果たした。疲れた）

ということであったかもしれない。

今度学陽書房の『人物文庫』に入れるために、新しくこの『近藤勇』を掘り出してくれた学陽書房の安藤健司さんに心からお礼を申し上げる。

童門冬二

（単行本）『小説　近藤　勇』（二〇〇三年一一月、潮出版社）

二〇〇九年 五 月二〇日［初版発行］

新撰組《しんせんぐみ》 近藤《こんどう》 勇《いさみ》

著者――童門冬二《どうもんふゆじ》
発行者――光行淳子
発行所――株式会社学陽書房
東京都千代田区飯田橋一-九-三 〒一〇二-〇〇七二
〈営業部〉電話＝〇三-三二六一-一一一一
FAX＝〇三-五二一一-三三〇〇
〈編集部〉電話＝〇三-三二六一-一一一二
振替＝〇〇一七〇-四-八四二四〇
フォーマットデザイン――川畑博昭
印刷所――東光整版印刷株式会社
製本所――錦明印刷株式会社

乱丁・落丁は送料小社負担にてお取り替え致します。
定価はカバーに表示してあります。
ISBN978-4-313-75246-7 C0193